때죽나무의 향기

때죽나무의 향기

초판 발행 ㅣ 2021년 3월 25일

지은이 ㅣ 윤언자
펴낸이 ㅣ 신중현
펴낸곳 ㅣ 도서출판 학이사
　　　　출판등록 : 제25100-2005-28호
　　　　주소 : 대구광역시 달서구 문화회관11안길 22-1(장동)
　　　　전화 : (053) 554~3431, 3432
　　　　팩스 : (053) 554~3433
　　　　홈페이지 : http : // www.학이사.kr
　　　　이메일 : hes3431@naver.com

ISBN_979-11-5854-290-0　03810

때죽나무의 향기

윤언자 수필집

學而思 학이사

머리말

 적는 것이 몸에 배어 있다. 중학교 입학부터 펜글씨로 공책에 필기를 성실하게 해 온 덕분이기도 하지 않을까. 기억하는 데는 한계가 있다. 더 간직해서 나중에 나를 위해 쓰일 데가 있을 것을 대비한다. 또 적는다.

 글을 써서 생활을 담아보고 싶은 생각도 없지 않아 있었다고 본다. 이런저런 활동으로 겪은 것들을 아주 조금이라도 같이 나누고 싶은 마음이 생겼다.

 직장생활을 하면서는 오로지 한길만을 위해서 걸어 올 수밖에. 아이들도 어리고 현재의 삶에 충실해야 하기에. 거의 삼십여 년 못 미치게 직장생활을 하니 퇴직하고는 사회활동을 하고 싶었다. 그 전부터 봉사하는 생활을 하고 싶은 욕구가 싹튼 것이 고마울 뿐이다.

 항상 부족하다는 마음이었다. 봉사활동과 강의를 하면서 그동안 가보지 않았던 새로운 길을 걸으며 내 정신을 녹슬지 않게 하는 것이 기뻤다. 할 수 있다, 하면 된다는 것을 느낄 수 있는 기회였다.

 군병원 근무는 내가 선택한 길이기에 기쁜 마음으로 후배들과 같이한 추억들을 많이 간직했다. 한편 2~3년마다 근무지 이동이 있어서 가족과 떨어져서 지낼 때는 마음이 아팠다. 주변을 많이 살펴보니 나 이외에도 더러의 사람들이 가족들과 떨어져 지내는 것에 위안이 되었다.

어려서 꽃이 피는 마당과 집 주변에 여러 과일나무와 활엽수들이 있어서 좋은 추억을 가진 것이 거름이 되었다. 대구수목원에서 자연해설사로 활동하면서 꽃과 나무들을 사람과 접목해서 해설하는 즐거움은 행복 그 자체였다. 어려서부터 입이 무겁고 남의 이야기를 잘 들어주었다. 대구생명의전화에서 상담봉사로 듣기를 잘하고 공감과 이해로 마음밭을 가꾸고 나의 생명을 소중히 여기는 의식을 가지기에 안간힘을 쏟았다.

더러는 바보 같은 삶도 한 방법일 수 있음을 터득하기도 했다. 수필집을 내기는 해야겠는데 언제 할까 계속 머릿속에서 맴돌았다. 3학년이던 손녀에게 동시를 적어서 제 아들폰으로 보내곤 하던 때에 더러는 할머니가 쓴 동시인 줄 안다고 하는 아들의 말에서 아차, 수필집을 내야겠다는 마음이 움텄다니!

고향의 형제자매들 덕분으로 삶이 외롭지 않게 살아 온 것에 감사한 마음을 전하고 싶다. 이나마 딸, 아들, 손주들이 건강하게 지내니 글도 읽고, 쓰고, 봉사하고 강의도 할 수 있어서 고맙고 그 중에 남편에게 제일 감사의 말을 전하고 싶다. 언제부터인가 감히 영혼이 아름다운 삶을 살고 싶다는 생각이 스쳐왔다. 그때부터 내 아름다운 영혼을 잘 유지하는 삶에서 행복을 말하는 생활을 하고자 노력하고 있다. 일상의 매 순간의 일들에 감사하고 누구에게나 당연한 것에 감사한 마음을 가지자고 말하기도 했듯이 앞으로도 이야기 들어주고 공감해 주고 상대의 마음을 이해하는 삶에서 행복을 나누며 살아가고 싶다.

2021년 3월에
윤언자

차례

2부 시카고의 장미

3부 디딜방아를 디디며

4부 누군가의 밥이 되는 것

1부

보랏빛 칡꽃

줄넘기의 시련

아카시아 향은 산지사방으로 퍼져서 누군가의 품으로 살포시 안긴다. 향긋한 꽃 내음을 마음과 온몸으로 머금는다. 번쩍거리는 만국기 아래 상담원들의 울긋불긋 옷 색깔들에서도 행복이 가득하다. 2년마다 한 번씩 열리는 대구생명의전화 체육대회에서 초등학교 때 운동회를 떠올릴 수 있어 고향과 어린 시절의 동심에 묻힌다. 사랑팀 생명팀 응원의 함성이 초록이 어우러진 5월의 끝자락에 침산공원에서 메아리쳐 온다.

양발을 깡충깡충 높이 뛴다. 땅을 뚫어지게 쳐다보고 줄이 내려오기를 기다린다. 내려오면 냉큼 줄을 넘는다. 머릿속에서는 줄은 절대 밟지 말고 잘 뛰라고 지령을 내린다. 온 정신을 다하여 골몰하였던 줄넘기의 승리 열매가 매우 달콤하다.

둘이서 큰 공을 마주 잡고 공 굴리기를 하는데 마음먹은 대로 공이 직선거리로 가지 않고 자꾸 삐뚜름하게 나가려는 말썽꾸러기 청소년 같아 쉽지 않다. 우리네 삶도 내가 마음먹은 대로 살아지면 무슨 걱정이 있겠는가. 공 굴리기 하나에도 고통이 따르듯이 인생길인들 오죽하겠나. 고난은 한없이 있는데 즐거운 일이 그나마 한 번씩 생겨서 그 어려움을 헤쳐 나가는 힘이 생기는 것이 아닐런가.

단체줄넘기는 7명의 선수들이 함께한다. 참석한 상담원들 중에서 예순 살이 넘은 내가 털썩 주저 없이 나가 줄을 섰다. 작년에 손녀가 유치원에서 줄넘기 우수상을 탔던 기억이 또렷하게 스친다. "할머니도 줄넘기해서 우승을 했어."라는 말로 손녀에게 뽐내고 싶은 욕심이 발동했다고 할까. '잘 할 수 있겠지.' 하고 마음속으로 다짐을 하며 용기를 낸다. 잠시 연습을 하는 중에 실전에서 7명이 단체로 호흡을 맞추어야 하는 부담이 몰려오기도 한다. 돌리는 줄을 넘기 위해 몸을 매우 가볍게 해서 리듬을 탄다. 온 정성을 다해 바짝 긴장하고 한 줄 한 줄을 넘기고 양발을 한껏 엉덩이에 붙인다. 조금 전에 짠 작전과 줄을 넘는 팀워크로 생명팀을 능가해서 이기지 않았던가. 이제 와 보니 한 번씩 땅을 밟았다 뛰어올랐다 한고비 한고비가 우리 삶의 축소판인 것 같다. 관중석에서는 제가 들어간 팀이 질 줄 알았다고 한다. 줄넘기를 잘한다는 칭찬이 꼬리를 문다.

그날 저녁에 몸은 벌써 힘든 것을 슬슬 토해낸다. 발악을 한 몸을 깡그리 잊어버리고 즐거운 체육대회의 추억으로 남기고 싶은 마음은 식을 줄을 모른다. 다음 날은 집 안에서 뒹굴면서 스트레스 받은 몸을 달래어 볼 수밖에. 감당해야 할 몸에는 물어보지도 않고 마음이 내 멋대로 뛰었다. 오후부터는 침대에서 누웠다가 바로 일어나려니 허리가 말을 안 듣네! 나무토막 하나가 딱 달라붙은 묵직한 통증으로 일어날 때마다 편하지가 않았으니. 게다가 엉덩이 근육도 한 방 맞은 것처럼 움직일 때마다 사그러웠다. 이틀이 지나도 누워서 이쪽저쪽으로 옮길 때 허리 통증은 줄어들지를 않고 무얼 하는지! 기어코 신경외과에 가서 도수치료, 물리치료로 핫팩 찜질과 전기치료를 받는다. 하루 정도 더 빨리 갈까 하다가 조금 지나면 괜찮겠지 하는 막연한 기대가 어긋났다. 근육이완제도 함께 달래는 데 한몫한다.

빨리 나아야지 하는 조급함에 한의원에 가서 침을 맞고 핫팩에다 전기찜질을 대엿새 동안 했다. 한꺼번에 집중적으로 힘들었던 근육이 일주일이 훨씬 지나서야 조금씩 누굴누굴해지는 것을 느꼈다. '시간이 약이지!' 라는 것을 또 외면하고 그저 빨리 통증이 없어지기만을 바랐다니! 무식하다. 깡총깡총 20여 번이나 뛰는 동안 허리근육은 속으로 '아이고, 허리야.' 를 외쳤을 것 같다. 마냥 청춘이 아닌데도 그 순간 망각의 강물에서 허우적대고 있었다니! 언제부터 70퍼센트만 하고 살자고 자성 세뇌를 하던 말이 요즘에는 감쪽같이 잊혀서 이런 남부끄러운 꼴이 되지 않았나! 세월이 쌓아 놓은 나이를 알고 처신해야지? 동심으로 돌아가 보고 싶은 마음만 가지고 덤벼들다니!

매일 아침 생감자를 갈아 먹으면서 면역이 조금 길러지니까 닥치는 대로 하려고 하는 용감함이…. 마음은 소녀, 몸은 천근. 이런 것도 안전사고가 아닐까. 고령화사회를 살아가는 요즘 노인들 중에 주제 파악을 못하는 사람이 바로 나! 부끄러워 어디 말도 못 하겠다. 허리 통증이 없었으면 한껏 자랑삼아 이야기할 것 같았는데. 이제 더 이상 줄넘기 잘했다고 자랑일랑은 쏙 들여보낸다. 줄넘기로 생긴 허리통증 덕분에 겸손을 다시 깨우치게 되다니! 어느 상황에서나 과한 것은 모자람보다 못하다는 것을 또 한 번 깨닫는 기회였다. 단체줄넘기는 아무나 하는 것이 아니었다. 훗날 '그때 그렇게나 안간힘을 써 가면서 줄넘기를 했더니 우리 편이 이기긴 했지.' 할 것이다. 허리의 아픔에 한껏 시달리고 거의 한 달이 지나서야 평소의 허리같이 움직일 수 있었다. 통증도 다 치유되는 주기가 있지 않은가.

이제는 모임에 덜 참석하고 덜 활동해야지 하면서도 왜 그렇게 마음을 못 접고 사는지! 구제불능이 이런 것을 두고 하는 말이지 않을까. 줄넘기에서 한 줄을 넘는 것은 아마도 삶에서 어려운 한 고비를 넘기는 것과 무엇이 다르랴. 오늘 20여 번이나 넘은 줄넘기에는 내 지난날의 고난이 그렇게나 많았던 것을 말해주는 듯했다. 울며불며 삭여온 내가 그래도 신통하다. 그때 아린 마음을 이제라도 어루만져 주고 싶다.

다시 10퍼센트를 낮추어서 60퍼센트만 활동하고 살아가라는 주문을 외워 볼까나. 2년 후에도 역시 그늘막이 넓게 잘 되어있는 그 침산공원에서 대구생명의전화 가족봉사자 체육대회는 열릴 것 같다. 그제야 부끄러웠던 줄넘기 이야기를 하려나. 지금은 아무 말도 하지 말고. 아카시아 꽃들이 살포시 향을 나르고 있다.

노란꽃창포

　　온갖 풍상에서도 아주 작은 가지에 이르기까지 생명이 움트는 벚나무들이 줄지어 서 있다. 옆에는 연못 가장자리에 있는 꽃창포의 잎사귀에서 반들반들 윤기가 난다. 연못에는 산책하는 연인들의 발걸음이 머물곤 한다. 겹벚꽃이 넘실거리던 오월 초에는 연분홍 솜이불이 드리워져 있는 새악시의 침실 같기도 하다.

　　한창 촉촉한 풋향기를 품어내는 꽃창포들이 그 연못을 에워싸고 있다. 그것에 넋을 잃었다. 사색에 잠겼다가 하늘을 올려다본다. 뿌옇게 된 내 가슴에 담겨 있는 조각을 하나둘씩 꺼내어 파아란 창공으로 흩날린다.

　　붓꽃처럼 보이는 노란꽃창포는 붓꽃과이고 창포는 천남성과로서 서로 다른 종류이다. 창포처럼 물가에 자라나 노란 꽃이 핀다고 하여 노란꽃창포라고 한다. 겉으로는 꽃 하나가 차이를 보이는데 식물분류에서는 과가 다르다. 호기심은 책을 찾아보게 했다. 이것은 땅속줄기 끝에서 길고 가는 선형의 잎들이 밑부분을 얼싸안고, 두 줄로 자라 올라오면 아주 무성한 줄기를 만든다. 잎은 큐피드 화살 같다고 하면 과장이 지나칠까? 초여름에 노란 꽃으로 사람들에게 환하게 인사를 건넨다.

고장이 난 가로등의 벌건 불빛이 대낮 연못 물에 반사되고 있다. 동네 아이들 서너 명이 재잘거린다. 한 남자아이가 창포꽃을 꺾었다. 여자아이들에게로 던진다. 그녀들은 두 손을 한껏 내밀면서 깔깔 웃어댄다. 잠시 애들의 장난에 나도 같이 환하게 웃음을 터트렸다.

어린 시절 우물가 도랑에 피었던 창포들이 싱싱하게 초록빛을 발했다. 감자를 캐고 돌아온 어머니는 단옷날이면 창포 대를 한 아름 베어 왔다. 그것을 삶은 물에 머리를 감게 한 정성스러운 어머니의 창포향기가 스멀스멀 퍼져 나오고 있다.

샛노란 블라우스에 초록색 바지를 입고 있는 모양새는 용기가 있는 서양 여인들의 활달한 모습으로 보인다. 그중에서 키는 크지만 아직도 노란 블라우스를 못 입은 꽃도 있다. 한편 키는 작지만 어느덧 결혼식을 올린 부부같이 서로의 얼굴을 맞대고 눈으로 말하는 자태가 드러나는 꽃도 있다. 그 옆에는 재롱스런 모습의 꽃창포도 있다. 바람결에 나풀나풀 율동을 하는 나비와 같다.

꽃이 피기 직전 꽃봉오리는 마치 붓끝으로 착각하게 한다. 붓글씨 쓰고 나서 물에 빨아 물기를 쭉 뺀 가느다란 선. 그 옆에 연적과 묵이 있다면 연잎에 시 한 수 적어 멀리 있는 임에게 보내고 싶다.

거칠어진 바람을 맞으며 발길을 옮긴다. 정자 안에는 윷놀이로 무료함을 웃음으로 던지는 할머니들이 여럿이 모여 논다. 윷, 모가 나오기를 바라는 마음으로 높이 던지며, '어허이' 하고 신기를 듬뿍 넣는다.

공원에 울려 퍼지는 윷가락 소리가 행인들의 발목을 멈추게 한다. 손뼉까지 쳐대는 그 온몸의 웃음에 어르신들의 엉덩이가 들썩거린다. 산바람이 행복바람으로 소나무 가지를 하하 웃게 한다. 마음은 백발이 아니라니까.

수릿날에는 창포 잎을 넣고 삶아 창포 탕으로 머리를 감는다. 여인들은 창포의 땅속줄기를 빚어 비녀를 만들어 꽂았다고 한다. 요즈음 창포 샴푸를 사용하고 있다는 사람은 자연에 귀의하고 싶은 삶의 두드림이 아닐까.

아이들은 창포물에 몸을 씻은 후 홍색과 녹색의 새 옷으로 갈아입는다. 남자들은 창포 뿌리를 허리춤에 차고 다녔다. 나쁜 귀신을 몰아내고 병을 없애기 위함이었다. 창포 뿌리는 건망증과 번민증에 약으로도 쓰였다고 하니 갱년기 여성들이 한 번쯤 달여 먹어 봄 직하다.

창포꽃의 마음은 예전이나 지금이나 한결같은데 우리네 삶은 어느덧 중년 줄에 와 있다. 그동안 무수한 삶의 시련이 이렇게 나를 변하게 하였다. 내 마음의 순수한 연노란색 창포꽃은 누런색으로 고운 빛을 잃어 가고 있다. 꽃보다 못한 우리들 마음이 세월 속에서 바래진 것이 못내 아쉽다. 그사이에 노란꽃창포가 내 마음을 어루만져 준다.

겸손한 때죽나무

공원의 빨간 장미꽃을 따라 발길을 옮긴다. 월광교를 지나니 아담한 나무에 하얀 꽃이 다소곳이 피어 있다. 마침 작은 종이 바람에 달랑거리며 소리를 낼 것만 같아 예사롭지 않다. 누구일까? 호기심이 분수같이 치솟는다.

사흘 동안 내린 비로 수박밭 비닐하우스가 물에 잠겼다. 한여름인가 착각할 정도였다. 봄 내 자주 내리던 비 때문에 신록은 단번에 무성하게 되고, 연노랑 카디건을 어느새 초록색으로 물들여 놓았다. 누구를 애타게 기다리는가. 이렇게 서둘러 몸단장을 하는 것을 보면.

고요한 새벽 도원지 호수의 이슬을 머금고 수줍어하는 장미넝쿨은 나를 기다리고 있었는가. 가끔 일요일 새벽이면 혼자서 몸을 돌보겠다는 욕심으로 달비골 평안동산까지 자주 가곤 했었는데…. 작년에 심한 병고를 겪고부터 새벽의 차가운 기운을 멀리한다. 꽃들이 반기고 호수에 비친 산새의 그림자를 보고 싶어서 공원을 찾는다.

초봄에 가창 댐을 지나 정대로 가는 길을 함께 드라이브한 명순이가 들꽃 이름을 많이 알고 있어서 부러웠다. 들꽃의 앙증맞은 생명력에 취하곤 했던 나와 정서가 딱 맞았다. 한 번씩 만나면 함께 자연에 파묻혀 흐르는 세월을 잊곤 한다. 그날도 함께 구슬붕이, 마니아재비, 제비꽃, 좀양지꽃 등과 어울려 시간 가는 줄을 몰랐다. 선녀라도 된 기분이었지. 꽃이 곧 우리요, 우리가 곧 자연이지 않은가!

들꽃 전시회에 두어 번이나 가서 그 꽃들의 이름을 하나하나 불러보면서 마냥 즐거워했다. 아주 조그만 몸체에서 생명의 속삭임, 정열, 희망과 의지를 한꺼번에 표출하게 하는 그들을 볼 때에 꽃 이름들과 우리네 삶이 더러는 닮은 것 같다는 생각을 하기도 했다.

때죽나무는 낙엽활엽수로 교목이고 키는 약 3미터 이상으로 자란다. 잎끝이 뾰족한 달걀모양에 가깝다. 5, 6월에 피는 꽃잎은 다섯 장으로 아이보리 색깔에 수술이 10개나 있다. 층층이 뻗은 자그마한 나뭇가지의 짙푸른 잎사귀 사이에 피어난 꽃 얼굴들이 일제히 땅을 내려다보고 있다. 겸손해서일까, 내숭을 떨고 있는 것인가. 그 나무 꽃에서 인생살이의 순리를 읽을 수 있게 되다니! 겸허한 자태가 마음을 울려서 닮아가며 살아가고픈 생각이 들기도 한다. 은은한 꽃향기에 벌들이 아침 일찍 찾아와서 분주하게 꽃가루를 나르고 있는 것도 예사롭지 않게 보인다.

대자연 정기를 덮어써 보겠다는 만용으로 유가사 계곡을 찾는다. 전날 밤에 내리던 비가 그친 계곡에 콸콸 물소리가 유월을 맞아 가슴에 고동을 친다. 용솟음치는 힘에 마음까지 고조된다. 계곡 물가 가까이 그늘을 찾는다. 마침 마음속에 품고 있던 때죽나무가 있잖은가. 그 나무 그늘에서 쉬어가는 나그네로 머물기로 한다.

마음속에 꽃들을 피우고 있었던 그 나무를 유가사 계곡에서도 또 만날 수 있는 작은 기쁨, 그 작은 것에서 크게 의미를 찾는 작은 발견이 활력을 일으킨다.

요즈음 가슴속에서 떠나지 않고 그리움의 대상이 된 때죽나무를 다시 만난다. 반가움에 소리를 지른다. "어머 때죽나무야, 너는 꽃이 매우 다소곳한 여인 같고 향기도 좋아, 게다가 그 꽃들이 겸손하게 아래를 보고 있잖아." 하고 남편에게 득의양양하여 힘주어 말한다. 나무 그늘 아래 누워 있노라니 꽃잎들이 하나둘 떨어진다. 가끔씩 나무들이 한들한들 춤을 추기도 하여 상쾌한 느낌도 안겨 준다. 그는 "오늘은 좋은 집에 들어왔구먼! 옆에는 개울물이 콸콸 흐르고, 새들의 합창, 뻐꾸기의 노랫소리, 꽃 이불을 덮고 있으니 정말 여기가 선경인가 보네!"라고 한다.

"천국이 바로 여기이지, 당신과 나! 이 시간이 정말 행복한 거야." 남편과 함께 유가사로 발길을 옮긴 것에 다분히 소중한 의미를 부여한다. 가까이에는 어디서 왔는지 아이들과 할머니, 아들 며느리들이 옹기종기 모여 앉아 정답게 이야기하고 있는 것이 그렇게 보기 좋을 수가 없다. 도란도란 들려오는 이야기 소리가 정겹다.

차츰 사람들이 몰려와서 쉴만한 그늘을 찾으려고 기웃거린다. 때죽나무는 우리에게 편안한 휴식처를 안겨주기도 했지만 삶에 활력을 불어넣어 줘 기억에서 지워지지 않는 귀한 나무로 자리매김하게 되었다.

꽃이 떨어지면 서양 종 모양의 열매가 달린다. 열매에는 기름 성분이 제법 많이 들어 있어서 예전부터 등잔불을 켜거나 머릿기름으로 이용하였다. 게다가 열매나 잎 속에는 어류 같은 작은 동물을 마취시키는 에고사포닌이 있어 이것을 찧어서 물속에 넣으면 물고기가 순간적으로 떼로 죽는다. 그렇게 물고기를 잡아서 영양 보충하던 선인들의 지혜가 전설로 내려온다.

언제나 멀리 있는 행복을 기다리면서 힘들게 살다가 모처럼 때죽나무에서 소소한 기쁨의 실마리를 찾은 그날, 먼 훗날 이런 날도 있었노라고 크게 웃을 수 있을 것 같다. 내리쪼이는 강렬한 볕에 지쳐서 축 늘어진 그 나무 이파리에서 어서 해거름이 되어 쉬고 싶어 하는 낌새를 엿볼 수 있었다.

크로스오버와 퓨전

　　　　　요즘 식당가에서는 동·서양의 음식 경계를 허무는 작업이 끊임없이 시도되고 있다. 토마토스파게티, 퓨전샤브, 중국식 퓨전요리 등의 간판이 제법 많다. 음식에서는 퓨전과 크로스오버가 어떻게 비치는 것일까.

　　스파게티는 14세기 초 마르코 폴로가 중국에서 이탈리아로 가져간 국수와 신대륙 발견 후 남미에서 건너온 토마토를 이탈리아 조리법으로 결합한 음식이다. 그것은 요즘 유행하는 퓨전푸드의 원조로 꼽힌다. 또한 젊은이들이나 국수를 좋아하는 사람들이 즐겨 먹는 음식 중의 하나이다. 퓨전과 크로스오버는 현대 문화 전반을 이해하는 데 중요한 코드가 되었다.

　　예전에는 문화장르 간의 벽이 완강하고 두꺼웠다. 마치 국경선을 넘는 것처럼 한 장르에서 다른 장르로 이동하기 위해서는 삼엄한 감시의 시선을 통과해야만 했다. 지금은 예전과는 다르게 경쾌한 행보로 경계를 넘는다. 여전히 경계는 존재하지만 그것이

다른 영역 안에 있는 사람들에게 주는 심리적 부담은 그렇게 많지 않은 것 같다.

문학의 각 장르마다 통합과 해체가 이루어지고 그 통합과 해체에 대한 긍정·부정의 시각이 상존해 있는 것이 현실로 다가왔다. 꾸준히 각각의 문학 장르는 전통적인 고유의 고전적 형태에서 관행을 벗어나 영상매체와 접속된 새로운 시도의 통합이 전개된다.

이것은 포스트모더니즘과는 분명 또 다른 통합과 해체로서 매우 쉽게 그 영역을 확보해 나가는 것 같다. 음악과 시가 만나고, 수필과 음악이 어우러지고, 시와 수필이 하나가 되어, 퓨전아트 fusion art가 되어가고 있다.

크로스오버crossover란 서로 성격이 다른 장르 간의 대융합에 의해 새로운 문화현상이 일어나는 것이다. 주로 음악 장르에서 클래식과 대중음악, 국악과 서양악기의 만남으로 경계를 넘나드는 위험한 시도로 확대되고 있지 않은가.

비슷하게 사용되는 퓨전은 마일스 데이비스가 1970년 발표한 Bitches Brew라는 록과 재즈가 결합된 퓨전 재즈의 시초에서 유래되었다. 그 후 퓨전은 좀 더 의미가 확산되면서 이제는 이질적 장르나 문화적 요소가 결합되어 새로운 감각과 분위기를 형성하는 거의 대부분을 가리키고 있다. 크로스오버가 장르 간의 다리 걸치기 성격이 강하다면, 퓨전은 이질적 장르가 비빔밥이나 짬뽕처럼 뒤섞였을 때를 가리키고 있다.

인문학, 자연과학이 넘나드는 통섭문학이 진행되고 있다. 사이버 공간에서 마우스를 가볍게 클릭하면 우리는 순식간에 다른 장르로 이동하게 된다. 이 가뿐한 경험의 가속도는 장르의 단단한 심리적 벽까지 무너뜨리고 있다.

대중문화 속에서 크로스오버의 모험을 감행한 선구자들이 더러더러 눈에 띈다. 그렇지만 한 분야에서 인기를 얻은 뒤 상업상 목적으로 다른 분야로 옮겨간 경우가 많이 있다.

가령 엘비스 프레슬리도 최근에 리메이크된 비바 라스베이거스 등의 영화에 출연했고, 마이클 잭슨도 고스트 영화에 진출했다. 연기와 노래 양쪽에서 모두 인정을 받았다.

수필에서도 퓨전수필이 생겼다. 동양·서양의학의 접목이 새로운 대체의학으로 각광을 받고 있다. 치과대학 졸업생들의 크로스오버 열풍도 거세어 법학전문대학원으로 진학해서 사시에 합격하는 경우도 있다. 세계의 자동차 시장에서도 승용차와 미니밴·레저용 차량 등의 장점들을 결합한 COV(crossover vehicle)의 판매가 늘고 있다. 현대 자동차가 최근 출시한 라비타도 COV의 일종이라고 볼 수 있다.

퓨전과 크로스오버를 구별하지 않고 사용하기도 하지만 둘의 개념은 다르다. 즉 퓨전은 이질적 요소가 하나로 융합, 새로운 정체성을 획득하는 것이고, 크로스오버는 다른 장르가 각자의 정체성을 유지한 채 결합하는 것을 의미한다. 스파게티는 퓨전이지만 스테이크를 된장국이나 김치 등과 곁들여 차린다면 크로스오버인 셈이다.

이런 크로스오버와 퓨전은 다양성을 이해하고 살아가야 하는 사람들에게 유연성을 지니면서 다가가게 된다. 처음에는 이질감이 없지 않았으나 몇 년이 지나니 그것도 우리 생활에서 딱딱함을 달래주기도 하는 것 같다. 새로운 것을 만들어 보면 그 묘미로 인해 작은 성취감을 갖게 되기도 하고 나아가 "그렇게 해도 되네." 하는 희망의 씨앗이 싹트는 것을 느낄 수 있다.

과거와 현실을 두루 아울러 조화가 될 수 있는 그런 삶이 되면 좋겠다. 미래에도 거부감 느끼지 않을 크로스오버의 성향인 또 다른 무엇이 살아가면서 실험을 하면서 활력을 불어넣어 주면 좋지 않을까. 경쟁의 시간 축에서 살아가기 위해서 지극히 몸부림을 치는 것이라고. 스파게티를 먹으면서 달착지근한 토마토 향이 입가에서 양쪽 볼로 퍼져 나간다.

철문의 빗장을 열면

　　　　　　　　노란 별빛 하나가 따라오며 빛 밝혀 주니 발걸음이 서툴지 않다. 이 저녁 누군가에게 작은 힘냄을 안기려 가는 나를 다독인다. 지난 시간에 상담을 한 봉사자는 안식처를 향하여 문을 노크한다. 계단 중간에 철문은 한 번의 닫음으로 밤을 지키기를 거부하는 것 같다. 그는 한 손의 힘으로 잘 닫히던 문이 말을 안 듣는다고 투덜거린다. 기어코 두 번 세 번 세게 밀어붙이니 그것은 철커덕 소리와 함께 밤의 수호자로 지낸다.

　밤에도 곪기 직전의 상처를 지닌 이들은 끊임없이 따르릉 수화기를 든다. 그날따라 남편의 외도로 인하여 배우자와 마음을 닫은 채로 한 집안에서 두 집 살림의 모습으로 냉랭하게 지낸다는 이야기로 시작이 된다.

　밤중 내내 하는 봉사상담이 어떤 때는 지루하기도 해서 동녘이 트기를 아기가 젖을 기다리듯이 시곗바늘 똑딱 초침소리를 센다. 밤에 전화 봉사를 한다는 것은 밤낮의 생활리듬을 뒤바꾸어 놓기 때문에 예전보다 상담하는 사람들이 점차 줄어든다고 한다.

참새의 지저귐은 새벽이슬을 제치고 창문을 연다. 청아함에 고개를 그곳 너머로 내밀고 목련나무 잎 사이로 디밀어 본다. 이 아침이 더욱 기다려지는 것은 이 시간 후면 이달의 상담봉사를 한 내 몸에 감사함을 전할 수 있다는 것이다.

밤새 나를 잘 보호해 준 철문을 열어놓으려고 간다. 다음 당번이 편하게 들어오게 하는 배려이다. 그것을 열어 본다. 웬걸, 끄떡도 안 하네. 요리조리 살펴보고 몇 번이나 당겨보아도 빗장은 화가 잔뜩 나 있다. "야, 이거 큰일 났네! 어쩜 좋지." 직원에게 전화를 해본다. 어디에 있는 키로 열어 보란다. 열쇠를 넣어도 아무런 반응이 없다. 할 수 없다. 포기한다.

얼마 지나서 다음 봉사자가 왔다. "샘, 문이 전혀 안 열려요." "어머나, 선생님이 빨리 못 가서 어째요, 출근해야 되잖아요?" 서로 애면글면 애를 쓰며 이런저런 궁리를 하고 다시 직원에게 전화를 하곤 했다.

새벽이라서 앞 건물 가게들의 문은 아직도 잠자고 있다. 김 선생은 그래도 용기를 내어 바로 밖으로 뛰어나간다. 어디든지 가보면 무슨 수가 있겠지 하고 나가는 뒷모습에 숨은 마음씨가 솜이불에 비기랴. 얼마 지나지 않아 "선생님." 하고 부르는 소리에 두 손은 빨리 문고리를 틀어댄다. 아침 일찍 가까이에서 가게 구조 변경 작업을 하는 아저씨가 왔다. 그 아저씨의 두터운 손으로 몇 번이나 문을 당기고 손을 문 밑으로 넣어서 확확 잡아대니 그 순간 문은 인사를 한다. 너무 고맙던 나머지 "아저씨가 구세주이

시네요."라는 말이 거침없이 나온다. "저 문 손을 봐야 될 거예요." 얼마나 반갑던지. "어머, 선생님. 너무 고마워요. 선생님이 재빠른 발걸음으로 밖으로 뛰어나가 준 덕분에 이렇게 문을 빨리 열 수가 있었네요." 마침 냉장고에 있는 음료수 한 캔으로 큰 고마움을 대신했다.

아하, 그렇구나! 사람도 마음의 빗장을 꽉 닫아 놓으면 잘 안 열리거나 열기가 힘들겠구나. 나와 교대한 봉사자 남자 선생님이 나가면서 철문을 닫는 소리가 예사롭지 않게 크게 들렸다. 그때 빗장은 순식간에 꽉 맞물린 것 같았다. 그 문의 아픔을 어떻게 하면 없애줄까. 너무 세게 마음 문을 닫으니 돌이키기가 어렵듯이 부부간에도 마음 문이 철커덕 닫혀 이혼으로 가는 사람들이 얼마나 많은지. 일상생활에서 세잎클로버의 행복을 모르고 있는가 보다.

마음을 아프게 했던 남자 봉사자가 만든 문제를 이 새벽이 되어서야 애살이 넘치는 그 김 선생님이 풀어 주었다. 상담소에서 전전긍긍하며 집에도 늦게 갈 뻔했고 교대하는 봉사자 선생님은 들어오지도 못할 뻔했는데!

세상에는 능력 있는 사람들이 많다. 어려워도 어떻게 해서든지 문제를 풀어보려고 애를 쓰는 그 모습을 그려보니 입가에 웃음이 번진다. 그 선생님의 애살스러움이 오래오래 긍정의 이미지로 남아 있어 힘들 때마다 그 선생님의 자태를 떠올리면서 마음을 다져 보게 된다.

한편 문제를 생기게 했던 그의 일그러진 얼굴 표정과 과격한 손놀림이 사위어지지 않는다. 안간힘을 쓰면서 온몸에서 나온 손놀림으로 해결을 할 수 있는 그의 노하우, 상담도 바로 그것이 아닐까. 어떤 내담자는 상담원에게 해결책을 달라고 울부짖는다. 상담이 내담자의 문제를 해결해 주는 것은 아닌 것을 알고 있다. 적시에 빗장이 잠긴 문을 잘 열어 주는 사람도 있구나. 내담자의 심정도 그렇게 제때에 괴로움을 잘 치유해 주는 그런 상담원을 만나기를 기다릴 것 같다.

세월이 두꺼운 옷을 입게 되니 여러 가지 경험이 쌓여서 근사한 실력 있는 상담가가 되게 했잖은가. 저 은행나무 너머로 동이 튼 아침 햇살이 화장기 없는 얼굴에 와서 부신다. '그래도 잘했어요. 그렇게 누군가가 그 밤을 전화 앞에서 지켜주었기에 내담자는 그나마 자장자장 잠을 청하지 않았겠어요?' 라고 도닥여준다. 철문을 열고 나온다. 참새들이 아침 먹이를 찾아 푸드득 나뭇가지 속에서 바들거린다.

보랏빛 칡꽃

　　지난밤에 흠뻑 내린 비로 인하여 갈아입은 강물은 제 색깔을 드러내지 못했다. 한탄강의 옅은 황록색 물은 창공에다 너울너울 그리움을 토해냈다. 잔잔한 물결무늬가 햇볕에 금실같이 빛나고 있었다. 보랏빛 칡꽃 향이 햇살과 절벽의 풍경들과 어우러졌다.

　　고무풍선처럼 부풀었던 친구들이 보트에 오르게 되었다. 좌현 4번에 앉아 안전요원의 지시대로 움직이는데 좌현 1번으로 자리를 바꾸게 했다. 앞자리에 앉는 것은 부담스러웠다.

　　하나 둘, 하나 둘, 영차, 영차 등의 복창소리에 맞추어 있는 힘을 다하여 노를 저었다. 친구들은 한껏 긴장한 나머지 눈들이 둥그렇게 겁에 질려있었다. 좌현 4번에 앉아있는 친구는 자꾸 안전요원 쪽으로 기댄다고 지적을 받았다. 기분이 나쁠 듯도 한 그 친구는 잘 참아냈다. 나 역시도 노를 열심히 저었으나 안전요원이 보기에는 한 템포 느리다고 지적을 받았다. 반복적인 엄포를 들으니 주눅이 들고 나로 인하여 배가 어떻게 될까 봐 긴장감이 고조되었다. 그런대로 배는 강물 위를 유연하게 지나가고 있었다.

잔잔한 강물 위를 지날 때는 안전요원의 절벽에 대한 설명에 공감을 하여 절로 고개가 끄덕여지기도 했다. 그러다가 급물살을 만날 때는 더욱 하나 둘 구령소리가 커지면서 힘껏 노를 저었다. 급물살을 제치고 내려온 그때는 해냈다는 희열에다가 자신감이 생겼다. 헤헤대고 웃음 지으며 의기양양해졌다. 이제 조금 노 젓기가 익숙해졌다. 한배에 탔던 친구들 모두는 하나같이 서로를 쳐다보며 안도의 숨을 길게 쉬었다.

한탄강은 북쪽에서 남하하여 전곡읍과 청산면을 나누는 경계이다. 한탄강은 고대의 화산활동으로 인하여 생겼다. 뜨거운 마그마가 흘러서 내린 계곡을 따라 번져나갔다. 골짜기를 따라 한탄강이 형성되어 깎아지른 듯한 절벽이 장관이다. 절벽 사이로 이루어진 절경을 헤치고 도도히 흐르는 강이 청아하고 경치가 뛰어나다. 특히 그 강의 특징은 물이 맑고 강 양편에 칼로 조각하여 병풍을 친 것 같다. 그 위에는 분지의 형상을 이룬 평야가 있다. 마치 태곳적에는 강 건너 저쪽과 이쪽이 한곳에 맞닿아 있던 지형이 지진과 같은 작용에 의해 양쪽으로 갈라져 그 계곡이 강으로 된 것 같다는 추측도 있다.

절벽의 바위는 그 앞에서 놀고 있는 친구들의 웃음에 하나하나 박수를 보냈다. 여유를 가지는 마음 또한 반복적인 숙련에서 온다는 것을 체험하게 해 주었다. 바위들이 우뚝 솟아 있는 것이 사자의 옆모습이기도 했다. 생쥐같이 납작 엎드리고 있는 바위 또

한 먹이를 찾고 있는 것 같았다. 콧물이 지르르 흐르는 형상을 한 콧구멍 바위에서 어릴 적 코 흘리던 동생을 보는 듯했다.

느긋해지면서 눈빛은 강물 위에서 노닐고 있는 보랏빛 꽃을 만났다. 한쪽 구석 절벽 가까이에서 몇 개의 꽃잎들이 물 위에서 도란도란 이야기를 하는 것이었다. "어머, 저 꽃잎 좀 봐라. 애들아, 저 꽃들이 우리를 손짓하고 있어. 같이 놀자고." 그 강물 위 절벽에는 길게 늘어진 칡덩굴이 보였다. 보랏빛 꽃송이가 제빛을 발하면서 연한 향기를 뿜어내고 있었다. 아니나 다를까 향긋한 내음이 코를 벌렁거리게 했다. 칡꽃 잎이 자꾸 말을 시켜서 이곳에 조금 더 머물러 있고 싶었다. 주변에서 기쁨을 나누어 주는 그런 삶을 사는 사람이 많아졌으면 하는 생각이 스쳤다. 그런 느낌이 있는 자연이 있기에 한탄강으로 친구들의 발걸음이 옮겨졌는가 보았다.

친구 4명은 다른 보트에 동승을 했다. 물에 빠트리고 다이빙도 하고 재미가 많았다고 했다. 우리 보트는 효도관광이라고 안전요원이 이름 붙였다. 보트 안에서 소양강 노래를 한탄강으로 바꾸어 부르면서 흥을 돋웠다. 사랑의 눈길은 하늘거리는 마타리꽃이 바위 옆에서 손짓하는 데에 이르렀다. 입추가 멀지 않은가 보았다. 저쪽 수풀 옆에는 연분홍빛 꽃인 노루오줌들이 무리 지어서 이 여름에 생명의 불씨를 태우고 있었다. 꽃은 이미 봄에 피고 이파리만 무성한 단풍잎 같은 돌단풍이 절벽 사이에서 놀고 있었다.

순담계곡과 두란교까지 6킬로미터 구간이 아주 절묘한 곳이었다. 특히 래프팅 도중에 볼 수 있었던 미인폭포는 '물만 맞으면 미인이 된다'는 전설로 재미를 더해 주었다. 희미한 회색빛 하늘은 실같이 가느다란 비를 내렸다. 그 비가 추억여행을 더 다양하게 만들었다. 햇볕이 거의 없는 아슬아슬한 날이었으니까.

민족들의 비극이 배어 있는 옛 철원군 노동 당사를 돌아보았다. 고석정에도 갔다. 수정같이 맑은 물이 흐르는데 그 당시는 약간 황톳빛 물이었다. 강 가운데로 10여 개의 석벽이 솟아나 있었다. 수상의 궁궐이 바로 여기구나 하고 감탄을 늘어놓았다. 한탄강의 '한 여울'이라는 의미를 이 여름에 중년의 친구들이 만나서 읊어댔다. '한탄강아 아름다운 우리 강산' 하고 목청 높여 친구들은 불렀다.

래프팅으로 모였던 여고 친구들과의 수다로 와자지껄했던 기쁨을 가득 안고 돌아갈 시간이다. 겁에 질렸던 표정은 간데없고 개구쟁이들이 배에서 한껏 노를 저어서 아직도 발그레한 화색이 남아있기도 하고. 살아가면서 절벽에 늘어진 보랏빛 칡꽃 향을 가슴에 품고 맡아보련다. 그리운 친구들을 만나야 하는 마음을 모은 덕분에 그 향기는 더욱 오래오래 나겠지. 기쁨을 가득 담은 발걸음을 떼면서.

보고도 못 본 척

　　　　　　　　살고 사랑하고 웃으라. 그리고 배우라. 이것이
우리가 이곳에 존재하는 이유다. 그렇지 않으면 아무것도 아니
다. 지금 이 순간 가슴 뛰는 삶을 살지 않으면 안 된다. 겹벚꽃들
이 어깨동무하고 살랑살랑 춤을 춘다. 시내버스 기사 맞은편에서
세 번째에 가서 앉으니 편안하다. 버스를 타는 사람의 행동이 여
과 없이 눈에 들어온다.

　까만 바바리를 입고 끈을 풀어헤친 아주머니가 차표를 찍는다.
700원 잔액 부족이라고 나오는 것 같다. 오른쪽 주머니 왼쪽 주머
니 뒤적거려 봐도 200원뿐이라서 그것을 우선 낸다. 기사가 더 내
야 된다고 하니 뒤적여서 손가방을 샅샅이 뒤져 큰돈을 꺼내 보
인다. 그럼 할 수 없으니 뒤에 가서 앉으라고 하는 것 같다. 기사
쪽에서 서너 번째 의자에 오면서도 혹시나 넘어질까 봐 조심조심
뒤에 있는 기둥으로 손을 한껏 뻗쳐 안간힘을 다해 기둥을 붙잡
아 걸어가니 중년의 아줌마가 재빠르게 자리를 비켜주면서 앉으

라고 한다. 친절하게 보인다. 자리에 앉는 얼굴에는 부끄러움과 미안함이 오락가락하며 어쩔 줄 몰라 하는 것이 쓰여 있는 것 아닌가.

자리를 비켜 준 중년 아주머니는 조금 늦게 "차비를 안 냈다고요." 하면서 엉거주춤 서서 잔돈 500원을 꺼낸다. "차비는 내야 한다."고 사족을 붙여서 바바리를 입은 아주머니한테 건넨다. 어렴풋이 뒷좌석에서 앉아있는 손님 중에 한 분이 "집에서부터 준비를 해 가지고 와야지!" 하는 말이 들린다. 바바리 아주머니는 "남의 사정 모르면 좀 못 본 척하고 가만있지 왜 그렇게 남의 일에 야단인지 모르겠다."며 화를 뿜어낸다. "500원 그냥 확 내던지려다 버스 차표 통에 가져다 넣었다."고 한다. 자꾸 언성이 높아지면서 아까 했던 말을 더욱 큰 소리로 말하면서 버스에서 내린다.

버스 안이 조용해진다. 기사는 잠시 신호 대기 중에 "저 아주머니는 차비도 깎아 주었는데 왜 저렇게 화가 났냐?"고 묻는다. 내가 기사와의 거리도 가깝다 보니 바바리 아줌마의 마음을 내 나름대로 대변해 주어야 할 형편이다. "아마 500원 동전 준 중년 아주머니가 차비 갖다 내라고 한 것에서 매우 인격에 상처를 받은 것 같아요. 제가 생각하기에요." 나 역시도 이때 "글쎄요!"라는 말만 했어야 되지 않을까.

그러잖아도 기사한테 미안한 마음을 말했는데 또 돈을 내라느니, 주변 사람이 덩달아서 준비해 가지고 다녀야 된다느니 하고 남의 속도 모르고 쉽게 말을 하는지! '재수가 없는 날' 이라고 내려가면서 내뱉은 그녀의 말이 맴돈다. 한쪽 다리가 잘숙한 걸음

새로 기사 앞에 또 동전을 내러 가야 하니, 구겨진 마음에 콩닥콩닥 방망이질을 한 것이 아닐는지?

더러는 살면서 '봐도 못 본 척' 마음속으로만 말을 하면 어떨까? 우리들은 상대방이 묻지도 않았는데 먼저 조언을 해서 기분을 상하게 한다. 보고도 못 본 척할 일이 어디 이것뿐일까? 나이가 들면 들어도 듣지 못한 척하라고 하는데 그것이 쉬워야 말이지. 영국 런던에서 실험 결과, 지하철 승객 중 임신부에게 대부분의 사람이 보고도 못 본 척, 자신의 할 일에 몰두하는 척 자리를 양보하는 이는 거의 없었다는 보도가 있다. "공평하지 않은 일이 그렇게 많은데 다 간섭할 수 있나? 보고도 못 본 척해라."는 것이 중국 고사에도 나온다.

누군가 비상계단에서 담배를 피우던 아이들을 훈계하다가 폭행시비에 휘말려 경찰조사까지 받았다고 한다. 댓글에는 "어른들은 담배 펴도 되고 왜 우리는 담배 못 피우게 하느냐, 제발 10대들을 건드리지 말고 가만히 두어라."고 적혔다고 한다. 아이들의 잘못을 보고도 못 본 척해야 되는 세상에 살고 있다. 살다 보면 억울한 일을 당할 수도 있고, 아무 이유 없이 험담을 들을 때도 있다. 그럴 때 일일이 대꾸하게 되면 자신이 스트레스를 너무 받아서 제대로 된 삶을 사는 것이 힘들어지게 된다. 어떤 경우는 그야말로 들어도 못 들은 척하면서 넘겨야 내 신상이 편하게 되다니.

시야무도視若無睹, '보고도 못 본 척 무관심하게' 하라는 말이 있다. 무관심한 것이 대상에 따라, 상황에 따라 화가 될 수도 있는 것 같다. 무관심도 과유불급에 맞추기가 어렵게 느껴진다.

마가목에 앉아

        긴 여름의 꼬리에도 땅거미가 내려앉은 지 한참 지났다. 가풀막 언덕에는 그곳의 지킴이로 마가목이 있다. 오뉴월에 피는 흰색의 꽃다발이 결혼식을 축하하기 위하여 드는 들러리 부케처럼 복스럽다.

  새봄에 힘차게 돋아난 잎은 새의 깃털같이 보인다. 튼실한 잎은 주변 나무들이 잎을 아직 내기에 이르다 싶은 때라서 조랑말이 달리려는 기마 자세 같다고나 할까.

  마가목의 풍성한 흰 꽃은 유난히도 소통과 화합의 모습을 지니고 있다. 하나하나 작은 꽃들이 모여 소담스런 꽃다발을 창조해 낸 것을 보면 자연의 오묘함 앞에서 무슨 말을 하겠는가. 희고 풍성한 꽃들이 따사로운 봄 햇살에 환하게 웃어대는 아이들의 얼굴 같기도 하다. 봄 햇살과 바닷바람은 피어있는 그 흰 꽃에 덧칠을 하여 반들반들한 윤기를 띠게 한다. 그 꽃을 보면 무미건조한 삶을 사는 사람들의 가슴도 활짝 열어젖히는 듯하다. 겨우내 웅크

렸던 시들한 마음 한 조각이 살짝 산등성이 구름 위로 날아가서 함께 두리둥실 춤추듯 빙글빙글 날아가는 것 같다.

유난스러운 하얀빛과는 전혀 다른 붉은 열매가 그 자리에 송알송알 동그란 따리를 틀어간다. 한여름 하얀 꽃이 아름다워서 그곳에 뺨을 묻고 향 내음을 듬뿍 마시기도 했었다.

등때기로 쏟아지는 햇살은 탐스럽게 달린 열매 송아리에 간절하게도 열기를 불어넣어 붉게 농익어간다. 비췻빛 바다는 그만 그 정열의 빨간색에 아무 말도 못 하고 입을 다물고 있다.

가을에는 빨간색의 작은 열매들이 뭉쳐져 동그란 다발을 만들어간다. 어느 한 작은 가지에는 유난히 다글다글하게 달려 애처롭게도 축 늘어져 있다. 누군가를 기다리는 모양이다. 그곳에 먼저 와 지내는 여인은 그 송아리에 매료되었다.

그녀 덕분에 다음 날 마가목 열매를 딴다는 설렘이 컸다. 아주 오랜만에 나무에 올라갔다. 나무줄기가 그다지 굵지는 않지만 몸무게를 다 이겨낼 만큼 단단하다. 조심조심 올라가 굵은 가지에 걸터앉는다. 하모니카라도 불면서 이 기분을 한껏 고조시켜 보고픈 심정이다. 손가락 끝이 닿을 듯 말 듯한 송이를 붙잡기 위해 안간힘을 다한다. 마음을 조아려 잡아채 올 때 아슬아슬한 두려움이 가슴을 오그라들게도 한다. 시야에 들어온 조랑조랑 달린 선홍색 열매 송아리로 인하여 또 한 번 침묵의 탄성을 지르게 된다.

키도 많이 크지도 않은 것이 제법 억세고 질긴 가지들을 지녔다. 이 가지를 디뎌볼까, 저 윗가지까지 더 몸을 옮겨볼까, 은근히 숨결도 가빠진다. 쉽지 않다. 나뭇잎들 사이로 가을 하늘에 눈인사하는 것에 그쳐야겠다. 온갖 힘을 다해 당겨 오게 한 그 열매 송아리들이 내게 와락 안겨드는 순간의 희열은 떨어질 것 같은 두려움을 날려 보낸다. 나무와 서로 소통하고 화합하니 열매를 따는 재미를 누구에게 얼른 전하고 싶다.

작고 아담한 그녀는 긴 막대기 끝에 짚을 똘똘 말아서 그것을 열매에 몇 번 닿게 하여 붉은 송아리를 땅에 떨어뜨리곤 한다. 그렇게 따도 제법 많다. 마음 한구석은 관광버스가 지날 때마다 소리를 지를까 보아 가슴이 조마조마해지곤 한다. 죄짓고 사는 기분이 이런 것일까? 뜻하지 않게 이 가을을 붉은 열매와 함께 소곤거리니 훗날 떠올려보면 미소를 지을 추억이 하나 생겼다. 한숨을 내쉬고 나무를 조심스럽게 내려와 보니 조만조만한 일이 아니었다.

어릴 적에 집 밖의 산사나무에 겁 없이 올라갔던 흔적이 아직도 작은 잎사귀 모양의 흉터로 남아 있다. 나뭇가지에 걸려 우측 무릎 밑에 안쪽이 '뿌드득' 소리를 내며 찢어진 것을 병원에 갈 줄도 모르고 된장을 바른 어머니의 정성으로 그만만 하게 상처는 잘 아물었다.

요즘에 학생들은 재미있게 하는 놀이문화를 좋아한다. 마가목의 열매 송아리를 가지고 꽃 한 송아리에 얼마의 작은 열매가 있을까 맞추어보는 게임을 하면서 아이들과 화합하고 소통하는 시간을 가져 보고 싶다.

산허리 중간쯤에 있는 단풍이 들어가는 나무들은 해풍에 한 번씩 갈증을 달랜다. 울릉도에서 해가 중천에 있는 낮에 그 열매 송아리들과 가을의 무드에 흠뻑 젖어보는 날이 있었다니! 야간에는 아줌마 학생들에게 요양보호사 강의로 열정을 쏟아부었고. 파도는 곤한 낮잠에서 깨어난다. 햇살이 산허리를 돌아가고 나니 어스레하다. 새들이 쪼르르 가서 종알거린다. 땅에 떨어져 있는 마가목의 열매들도 덩달아 수런거린다.

풍접초風蝶草의 춤사위

       분홍색 꽃을 피우고 서 있는 것이 힘겨워 보인다. 바람 한 점이 그리운 오후에 툇마루에 앉아서 담벼락 앞에 있는 꽃밭을 바라본다. 누군가가 와서 그 꽃을 보아주면 더위가 조금은 가시려나. 옆에 은행나무에서는 매미가 곡조를 뿜어낸다. 시원한 바람이 놀러 오는 원두막이 그리워진다.

    고향집 닭장 옆 담벼락 옆에는 여름날이면 피는 꽃이 숱하다. 백일홍 달리아 채송화는 단골손님이고 청순하기 이를 데 없는 백합꽃은 옆에 있는 은행나무와 두런두런 이야기를 나누는 것만 같다. 키가 크면서 다리도 긴 체형을 지니신 엄마는 누구보다 꽃을 좋아했다. 이웃집 꽃밭에 안 보던 꽃이 있으면 모종을 얻어다 심고야 말았다. 우리 집 꽃밭도 다른 집에 뒤지지 않게 계절마다 다투어 꽃이 핀다. 봄 여름 가을 내내 그들과 대화를 하면 마음 한쪽에서 미소가 번진다. 손바닥선인장은 안방 선반 위에서 매서운 추위를 이겨낸다. 우리들에게 생명이 있는 식물을 잘 보호하는 작은 사랑을 느끼게 한다.

바람에 하늘하늘 흔들리며 새색시의 두려움으로 파르르 떨리는 모습을 닮았다 하여 족두리꽃이라는 다른 이름을 가지고 화려하게 피어있는 풍접초, 바람결의 나비를 닮은 꽃이다.

햇빛으로 날개 달고

초례청에 나온 낭자

족두리 사뿐 쓰고 다소곳 앉아 있다

원삼 깃 살짝 내리고

눈썹 뜨는 새아씨

그 당시 그 꽃은 흔하게 볼 수 있는 꽃이 아니었다. 타지에 와서 살면서 그 전에 한두 곳에서 스쳐도 그동안 그 꽃 이름을 잊어먹고 있었다. 요즘 들어 오히려 시내에선 보기가 드문데 농촌에 가보니 그 꽃이 피어 있어 얼마나 반갑던지! 고향집의 화단이 옮겨져 있는 착각이 들었다.

그 꽃은 자태가 제법 긴 편이다. 줄기 양옆으로 잎이 어긋나게 달려서 줄기 맨 위에 기다란 가시로 인하여 가시 달린 꽃방망이 같은 느낌을 준다. 8월이면 긴 줄기에 분홍색 흰색의 꽃을 피워낸다. 우리 엄마도 이 꽃처럼 매무새가 헌칠하다. 이 꽃의 특징은 줄기에 난 꽃잎 각각이 떨어져 있는 모습에다 주황색을 띠는 수술이 꽃잎보다 2배 이상 길게 나와 있는 점이다. 유럽에서는 꽃술이 거미줄을 닮았다 하여 거미줄꽃이라고도 불린다. 영어로는 '클레오메' 이다. 열대지방이 고향인 것이 언제부터인가 우리 땅에 들어와 마을 어귀나 집 담장 밑에서 흔히 자라는 것을 일찍이 중학교 다닐 때 보았다. '불안정'이라는 꽃말을 가졌듯이 만개하면 꽃송이가 무거워 줄기가 무게를 이기지 못하고 바람이 조금이라도 불면 이쪽으로 저쪽으로 넘어지려고 한다.

사람들의 몸체가 삼등 같다는 말은 머리 몸 하체가 균형을 이루어야 안정된 체구를 지닌다는 것이다. 머리가 큰 사람을 가분수라 하지 않던가. 줄기에는 가시가 많이 나 있다. 그 가시는 흔들리다가는 제자리에 오곤 하는 꽃의 지주대 역할을 하는 것 같다. 그 꽃에 가시가 있듯이 삶에서도 자기를 지키는 그와 같은 무기가 하나쯤은 있는 것이 돋보일 수 있다. 내 삶에도 가시 같은 회복 탄력성이 있어 힘들 때 흔들려도 제자리에 돌아오는 그 단단한 마음이 긴 세월을 다듬어 오게 하지 않았을까 뒤돌아보게 된다.

멍하니 그 꽃을 보고 있노라면 친정엄마의 춤사위와 흡사한 점이 보인다. 엄마는 너그러운 인상이지만 한번 경우에 맞지 않는 거슬리는 소리를 들으면 그 사람을 찾아가서 가시 같은 따가움으로 따끔하게 일침을 주어야 직성이 풀리곤 했다. 겨울 동안은 농사일이 없으니 참나무를 때서 여물을 끓이고 만들어진 그 숯이 담긴 화로를 들여놓고 추위를 달랬다. 머리가 심히 아파서 흰 수건 머리에 질끈 동여매고 아랫목에 진을 치고 누워있기가 일쑤였다. "머리가 저렇게 아프셔서 어쩌나!" 혼자 생각일 뿐 살갑지 못해 위로의 말 한마디 하지 못한 것이 부끄러워진다. 초가집에서 살아오신 엄마는 겨우내 두통으로 씨름을 했지만 어디를 가는 일이 생기면 머리 아픈 것은 고사하고 얼굴에는 화색이 돌기도 했다. 무슨 옷을 입고 갈까, 미리 파마를 해볼까. 설레는 마음은 어떤 어려움도 끄떡 넘겼다. 꼼꼼하고 내성적인 아버지는 일만 할 줄 알지 노는 것에는 젬병이니 이 마누라가 어디를 가는 것도 썩 달가워하지 않았다. 그러거나 말거나 엄마는 집을 탈출하는 것으로 스트레스를 달래신 모양이었다. 그것을 똑 닮은 큰딸인 내가 상담이나 강의를 하러 다니는 것이 싫지 않다. 우리 집에 작은 며느리가 시집오고부터는 어머니는 꽉 막힌 좁쌀 같은 아버지의 잔소리에 답답함을 토로하기 일쑤였다. 아버지 눈치가 보일 때는 작은며느리가 중간에서 다리 역할을 잘했다. 능청스럽게 거짓말도 잘도 둘러대어 허락을 맡는 재주가 있다니. 시어머니를 놀러 가게 하곤 했다는 이야기를 하는 작은올케의 얼굴에는 눈가에 웃음이 번졌다. 엄마가 저세상 가고 한참 후에 우리 딸 셋이 작은올케 집에 가서 밤을 지새우면서 추억은 또 추억을 낳았다. 며느리 사랑은 시아버지라는데 며느리 말을 어느 시아버지가 거역하겠는가.

자세히 보아야 예쁜 것을 알 수 있다. 자주 그 꽃과 이야기를 하다 보니 바람에 흔들리면서 춤추는 모양새가 나비 같으면서 영락없는 엄마의 웃음 띤 춤사위 같다. 엄마 환갑잔치에서 술 서너 잔 드시고 흥겨움에 겨워 춤을 추실 때 그분의 얼굴에서 행복이 넘쳐 나는 애교스러운 미소는 지금도 또렷하게 그려진다. 저세상에서도 엄마는 이집 저집 다니면서 풍접초의 춤사위로 이웃에게 행복을 나누어 줄 것 같다. 잔치가 있는 집을 찾아가서 바람에 흔들거리는 그 꽃같이 양팔이 위아래로 오르락내리락하면서 즐거워하지 않으실까. 풍접초와 함께 엄마가 행복해함에도 "엄마, 사랑해요." 하는 말이나 "잘하시네요, 엄마."라고 칭찬 한마디 못하고 무덤덤하게 지냈다. 살면서 못 했던 말을 지금이라도 하면 메아리라도 들리려나. "사랑해요, 울 엄마." 말이 끝나기도 전에 울먹여지며 코끝이 시큰해진다.

여름 내내 바람결에 춤을 춘 그 꽃은 열매를 맺으려고 한 몸부림이었나? 우리 집 화분에 심어 꽃 필 때면 그때 춤추시던 엄마의 살랑이는 춤사위를 펼쳐 보아야지! 엄마의 뒷모습까지도 똑 닮았다는 내가. 한껏 넉넉한 푸근함을 풍기는 웃음 띤 표정을 지으며 오늘도 익어가고 있다. 매일 집을 나가 목적지로 떠나는 여행이 있는 삶에서 엄마가 나를 이렇게 낳아준 것에 감사합니다 하고 화답한다. 부둥켜안고 싶은 엄마에게.

흰색 분홍색의 꽃잎이 바람에 나부낀다. 쪼이는 햇살과 풍접초는 서로를 바라다보면서 "덕분에 감사합니다."를 주고받는 것 같다. 바람이 불어올 때면 둥실둥실 춤을 추어 흥겨움에 취해 볼까나.

도토리거위벌레를 알고 보니

　　　　　　　도원지 물 위에 드리워진 참나무들의 풍경이 고요함을 자아낸다. 음악에 맞추어 분수가 높이 치솟아 올라가서는 한 번 멈추고 내려오는 가운데 아름다운 멜로디와 율동이 힘든 마음을 다 날려 버리게 한다.

　새벽녘에 혼자 산을 오르니 여름의 무성한 풀 향기가 몸을 에워싼다. 여름이라도 아침나절에 산길을 오르니 꽉꽉한 삶을 뒤돌아보기에는 그저 그만이다.

　도토리가 달린 상수리나무, 굴참나무 생가지가 잎사귀와 함께 잘린 채 땅에 떨어져 여기저기 널브러져 있다. 몇 년 전부터 이런 모습을 보고 마음이 석연치 않았다. 일부러 가위로 잘라놓은 것 같다. 싹둑 잘린 나뭇가지엔 덜 익은 도토리들이 한두 개씩 달려 있고 가지는 서너 개에서 일고여덟 개의 잎을 매단 채 떨어져 있다.

　막연하게 청설모에게 눈총을 주는 사람들도 많다. 그는 억울하기 짝이 없는 오해를 받는다. 도토리거위벌레는 '도토리 도둑'인 셈이다. 다람쥐의 겨울양식을 가로채고, 참나뭇과 나무들에게 상처를 안겨준다.

도토리거위벌레의 암컷은 좀처럼 눈에 잘 안 띈다. 긴 주둥이를 가지고 있어 도토리에 꽂아 즙액을 빨아 먹고 산다. 산란 때면 주둥이로 도토리에 구멍을 뚫은 뒤 산란관을 넣어 딱딱한 껍질로 둘러싸인 도토리 속에 알을 낳는다.

어떻게 껍질을 뚫는 것일까. 도토리거위벌레의 기다란 주둥이에는 톱니바퀴처럼 이빨이 빙 둘러 나 있다. 송곳 돌리듯 몸을 돌려가며 구멍을 파는 녀석의 지혜는 신기하기만 하다. 대부분 두서너 개의 도토리가 붙은 줄기를 골라 각각 구멍을 판다. 도토리마다 알을 실은 후 톱질하듯 재빨리 줄기를 잘라 땅으로 떨어뜨린다. 천적으로부터 알을 보호하고 생명의 온상인 대지에서 추운 겨울을 나려는 몸부림이다.

알은 1주일쯤 지나 부화한다. 애벌레는 도토리를 파먹으며 자라다가 3주일가량 지나 도토리를 뚫고 나와 곧바로 땅속으로 들어가 겨울을 난다. 도토리 속을 파먹고 자란 애벌레가 땅속으로 들어가 번데기를 만든다.

참나무는 우리나라 산림 중에 가장 큰 식생을 이루고 있다. 도토리를 맺는 참나뭇과 나무 중에서도 산길 가까이 있는 상수리나무와 굴참나무가 피해가 크다. 산란기의 도토리거위벌레는 좀 더 크고 튼실한 열매를 찾아 나선다. 그때 상수리나무나 굴참나무는 다른 참나무보다 좀 더 큰 도토리를 달고 있기 때문에 그렇지 않을까.

도토리가 달린 가지를 잘라 땅으로 떨어뜨리는 데는 깊은 뜻이 숨어있다. 바로 유충이 알에서 깨어난 이후를 대비하는 행동이다. 유충이 다 자라 도토리를 뚫고 나올 때에 나무 위에 그대로 달려있다면 날개도 없는 애벌레가 땅에 떨어질 때 어떻게 되겠는가. 어미벌레의 배려가 놀랍기 그지없다.

거위벌레의 이기심 때문에 산에 오를 때마다 '왜 저렇게 떨어져야만 했을까. 무슨 연유일까. 하필이면 새로 나와 자란 가지에 있는 도토리에 가서 알을 낳으려 하는가.' 라는 의문을 품었다. 새로 나온 가지가 알과 궁합이 잘 맞는가 보다. 한편 가지가 연하여 부러트리기가 좋으니까 라는 이유일 것도 같다.

꽤나 상당한 생존전략이구나 싶다. 감탄이 절로 나온다. 사람들은 그것보다 더한 꾀가 있겠지만 그것이 표현이 되지 않을 따름이겠지. 난 왜 그 벌레의 행동하는 것을 있는 대로 봐 주지 않고 화를 냈는지!

참나무거위벌레가 나뭇잎을 떨어뜨리는 것도 '참 안됐네.' 로 보지 않아도 될 것 같아 다행이다. 그럴 수밖에 없는 거위벌레의 생존철학도 이해해 주어야지. 나도 어떤 경우에는 남들에게 '그럴 수도 있겠지!' 하곤 하지 않던가. 거위벌레가 한 일이 소중한 선택이었다고 격려를 보내련다.

산허리를 감돌던 산안개가 차츰 스크린을 올리고 오늘의 연극을 시작하려나 보다. 매미들이 부지런한 사람을 먼저 맞으면서 노래한다. '나 매미가 노래하니까 즐거운 하루 시작하세요.'

잘 모르고 피상적으로만 생각할 때는 사물이나 상대를 이해 못하는 경우가 다반사이다. 그와 이야기하고 알려고 노력했더니 이해하고 존중하게 되더라 하는 것을 거위벌레에게서 또 배운다. 매번 작은 것을 통한 깨달음으로 가슴에 피가 쪼르르 흐르는 듯 야드르르하다.

사유하는 인간이나 생각 없이 한 철을 살다 가는 것처럼 보이는 미물이 비록 사는 방법은 다를지라도 종족번식을 위한 것은 사람과 똑같은 것 아닌가. 우리들은 너무 이기적으로 살아온 것이 아닐까. 클래식 음악이 나오는 분수를 바라본다. 도원지의 물결은 이런 것 저런 것 다 아울러주고 있었다.

고로쇠나무 아래서

        회색빛 하늘이 걷히었다. 호수의 둔덕에 널브러져 피어있는 망초꽃의 윙크를 뿌리치지 못하고 가까이 가서 그 노란 볼을 어루만져 본다. 마음에는 미소의 홑이불이 전신을 휘감아간다. 햇볕을 받는 고로쇠나무의 이파리가 싱글거린다.

    무궁화나무도 제철을 맞아 어느 사이에 살짝 꽃을 피웠다. 지나가는 청년은 스마트폰에 다섯 장 흰 꽃잎의 청아함과 붉은 단심의 오묘함을 담느라고 마음을 모은다. 그런 청년의 갸륵함을 같이 나누고파 발길이 멈추어진다.

    손녀의 손가락 근육발달을 위해서 쌀 뻥튀기를 해오라고 한다. 집을 나가면 바로 전봇대 앞에 월요일마다 오는 아저씨가 왔을까 해서 두서너 번씩이나 밖에 나가 기웃거려도 보이질 않는다. 쌀 한 됫박을 주루막에 넣어 지고 도서관 건너편에 어정어정 가 볼 수 있는 월요일 오전이 마냥 한가롭기만 날이다. 이곳저곳 일부러 찾아다녀도 평소 보이던 것도 안 보인다. 개똥도 약에 쓰려면 없다더니 그 짝이다.

그 동네 간 김에 재래시장을 두리번거렸다. 허사였다. 애먼 가지와 오이를 사서 넣으니 등짐이 한가득이다. 도서관 앞에 긴 의자가 반갑다고 무거운 주루막도 쉬어가잔다. 모처럼 여유롭게 앉아 지나가는 사람들을 보는 것도 괜찮다. 이런 시간을 가끔씩 가져보아야 할 텐데!

발발거리고 다녀야 살아가는 의미를 느끼는 가엾은 존재다. 더러 이렇게 일상의 옷차림으로 편안한 마음으로 마을을 걸어보는 것이 나의 일면에도 있었네. 원래 내 모습은 이런 것인데 포장과 치장하고 다니려니 힘들지 않더냐. 오랜만에 전신은 이완된 신경, 혈관, 근육으로 헉헉거림에서 해방되었다. 옆에 서 있는 소나무에서는 솔향이 바람에 버무려진다. 진득하게 머물지도 못한다. 다시 발걸음을 저벅저벅 뗀다.

도서관 가는 길에 자주 만나는 고로쇠나무 아래 긴 의자에 웬 나그네가 신발을 벗은 채 발을 의자에 올려놓고 있다. 앉아 있는 얼굴을 외면할 이유가 없었다. 한 번 더 보고 싶은 생각이 뇌리에서 요동쳤다. 용기의 눈빛으로 그를 빤히 응시하였다. "혹시 손씨 아니세요?" 하니까 "저 알아보시겠어요!" "예, 저는 사람을 한번 스치기만 해도 잘 알아봐요." "어머나, 한번 어디서 만났으면 하는 생각이 머릿속 한쪽 편에 있었더니 이렇게 만나게 되는군요! 정말 반가워요."

그는 출퇴근 버스를 같은 지점에서 타고 다니던 직장 동료이면서 선배 군인이었다. 우연하게 2004년 국회의원선거 유세 때에

도원동 롯데리아 앞에서 저를 오랜만에 알아보고 햄버거와 **빵**을 한 봉지 가득 사서 안겨주었다. 남다른 지원을 해준 기억은 언제나 생생한 초봄의 초록나무 잎으로 간직돼 있다.

그는 군 생활을 할 때 성실하게 일을 하여서 인정받았던 이야기와 지금의 삶의 기반이 군 선배들과의 인연에서 다져진 것이라는 실타래를 한참 풀어 놓는다. 어느 실을 먼저 풀어야 할지 부은 듯한 누런 얼굴에 숨어있던 연둣빛 새싹이 쏘옥 올라오는 듯하다.

살면서 옭매인 매듭을 잘 풀은 덕분에 이렇게나마 살게 되었다고 한다. 두런두런하는 말에 중간중간 맞장구도 치면서 칭찬을 곁들인다. 지금 두 사람은 이야기에 신이 나서 어찌할 줄을 모른다. 온 얼굴에는 봄철 고로쇠나무가 물을 빨아 먹듯이 얼굴에 행복의 근육이 연실 움직인다. 한동안 아내의 다리 아픔으로 부엌 살림도 도맡아 하면서 힘들었다고 한다. 누리끼리한 삶에 반가운 전우를 만나 옛이야기에 흠뻑 **빠지는** 즐거운 시간이 길었으면 하는 눈치다.

우리는 지난날을 그려보면 매우 힘나는 일이 많지 않은가. 이렇게 이야기가 통하는 사람끼리 만남에서 잠시 동안의 대화라도 지지부진한 생활에서 달콤한 딸기 맛의 희열을 안겨준다. 더군다나 예전 직장, 사회에서 잘나갔던 이야기는.

삶이란 나이 들어가면서 신나고 환하게 웃을 일이 별반 없지 않은가. 그렇지만 일상생활의 사소한 것에 의미를 두고 호기심을 가지면서 주어진 현재를 그런대로 만족하게 살아갈 수 있다는 것을 언제부터 내 것으로 가져왔다. 그러다 보니 어느 것 하나 소중하지 않은 것이 없다는 것을 순간순간 온몸으로 느껴 감사의 말을 되뇌곤 한다.

고로쇠나무에 꽂힌 화살 틈새로 흘러내린 수액을 마시고 힘이 솟구쳐 삼국시대 신라와 백제 전투에서 패하고 있던 신라 병사들이 승리했다는 이야기가 생각난다. 지리산 골에 살고 있던 어느 나그네가 사랑 놀음으로 허약해진 몸을 고로쇠 수액을 마시고 회복하였다는 전설이 전해지기도 한다.

손 씨 햄버거의 고마움과 더불어 직장에서 추억을 담은 바구니에서 계속 노란 이야기꽃이 피어난다. 환하게 웃고 양손을 움직이면서 의기양양해하는 모습은 고로쇠나무의 수액을 마음으로 마시는 절묘함이다. 고로쇠나무는 "그래, 누군가에게 이로움과 기쁨을 주는 것은 내가 먼저 하면 되는 것이야."라고 작은 소리로 말을 한다.

2부

시카코의 장미

하계 상담원 수련대회

　　　　　상담원들이 상담을 오래 하다 보면 상담원들의 스트레스 또한 크며 그런 고비를 못 넘기면 스스로 상담을 중지하는 소진현상이 올 수 있다. 상담원들을 위한 수련회는 지쳐 있는 상담원들의 마음에 상큼한 향기가 묻은 이슬 한 방울을 떨어트리는 역할을 하기도 한다.

　이번 19차 하계수련대회는 예전 하계수련회와는 차별이 있었다. 일자부터 고정된 날짜에서 탈피했고 장소도 사찰을 택한 것은 20년 전통을 가진 대구생명의전화에도 변화의 바람이 불고 있음을 알게 했다. '참나를 찾아서' 라는 테마로 구미 선산 도리사로 결정하기까지는 친교위원회와 사무국의 긴밀한 협조가 있었던 것에 대한 고마움을 아니 가질 수 없었다.

　상담원들은 그야말로 어린이같이 부푼 가슴을 꼭꼭 내리누르고 표현도 감춘 채 구미 도리사로 향하는 마음들이 모두 의기양양한 표정이었다. 하룻밤을 지낼 준비로 가득 채워진 배낭을 짊어진 것이 야영을 떠나는 어린애들과 다를 바가 없었다.

그날 5시에 도착해 보니 꿋꿋하게 세월의 아픔을 이겨낸 굴참나무와 소나무가 우리 상담원들을 반겨주었다. 숲의 새소리와 개울물 소리가 온몸으로 스며들었다. 6시에 저녁공양을 했다. 공양후 남자상담원들이 솔선수범하여 식기를 씻는 봉사자의 모습을 보여주었다. 7시부터 자기소개를 하고 나서 8시부터 구미불교대학 학장이신 승오 스님의 법문을 들었다. 승오 스님의 동안에서 흘러나오는 눈빛의 초롱초롱함은 무한한 설법이 나올듯해 보였다. 한 번씩 설법 중에 득의만만하게 웃는 표정에서 자비한 부처님을 보는 듯했다. "분별한 마음을 버리면 참나는 저절로 된다. 불교를 알면 인생이 보인다. 불교가 어려운 것이 아니라 이 세상 이치가 어렵다. 이 세상에는 분명한 움직여지는 이치가 있다. 사람은 극한 상황에 도달해 보면 벗어날 시기가 내리막길에서 끝남이 아니라 다시 오르막길이 나온다는 것을 알게 된다. 마음 하나가 전 우주에 진동을 일으킨다. 마음이 향기로우면 끝없이 펼쳐진다. 그 파장은 쉬지 않고 흘러간다. 개인 한 사람이 마음 한번잘 쓰면 그 파장이 넓게 퍼진다." 등의 의미 있는 설법 하나하나는 이 세상을 볼 때 유념해서 보고 바르게 실천함이 중요한 것으로 와닿았다. 매우 진지하게 말씀하시는 승오 스님은 한 시간 반도 짧다고 하면서 상담원들에게 아쉬움을 남겨주었다.

설법 후에 다과를 먹으면서 보낸 친교의 시간은 짧아서 아쉬웠다. 한 자리에 둘러 앉아 주저리주저리 이야기하고 싶었지만 산사의 규칙은 예외를 허락하지 않았다. 그 넓은 절 방에서 이쪽저

쪽으로 겨우 작은 병풍 하나로 칸막이 시늉만 하고 남녀로 구분
하여 잠을 청했다. 바닥에는 큰 방석 3개씩을 깔고 담요 한 장 덮
고는 잔다고들 하지만 계속 소곤소곤대는 바람에 뒤척였다. 나뿐
만이 아니라 다른 몇 명도 애를 먹었다고 했다. 누구 안내하는 사
람 없이 새벽예불을 하러 갔다. 그냥 서너 명이 살짝 다른 사람을
깨울세라 아주 조용하게 옷을 챙겨 입고는 밖으로 나가는 것에
나도 동참했다. 산천도 합장하여 숨죽이고 자고 있나 보았다. 새
벽하늘에는 금빛 나는 별빛이 금방이라도 쏟아져 내릴 것 같았
다. 마침 기울어지는 달빛도 들어가지 않고 함께해서 더없이 산
사의 멋스러움을 맛볼 수 있는 풍경이었다. 몇 명이 같이 산사를
걸었지만 모두 다 발걸음도 사뿐사뿐, 소나무 잎사귀들이 바람과
속삭이는 소리에 귀를 기울였다. 마음의 심연으로 내려가서 그
속의 소리도 들으려고 했다. '내가 여기에 왜 왔으며 나는 무엇을
하는 사람인가'에 대한 깊은 사색을 하게 되었다. 극락전에서 예
불을 드리는 목탁소리만이 고요한 산사에 울려 퍼지고 간혹 가을
풀벌레의 가느다란 소리가 새벽을 열고 있었다.

　새벽 여섯 시에 아침공양을 하고 나서 맨발로 숲길 산책을 하
였다. 그야말로 숲길에서 맨발로 걸으니까 발바닥에 솔잎들과 다
져진 흙이 신발이 되어 별로 불편함이 없었다. 내 오장육부의 혈
이 잘 돌아가는 신선함을 느꼈다. 그 후에는 강당에 다 모여서 명
상의 방법을 듣고 나서 실제 명상에 들어갔다. 자세가 안 되는 사
람은 스님이 채를 가지고 다니면서 한 차례씩 등을 내려치기도
하였다. 그 채찍이 나에게 오지 않게 하기 위해서 바른 자세를 유

지하느라고 안간힘을 썼다. 명상이 정신수양에 좋은 것을 알지만 제대로 하는 명상이 쉽지 않음을 알게 되었다. 온 정성을 다하여 108번 절을 하니 등과 머리 속에서 땀방울들이 때그르르 굴러 내렸다. 불교 신자들이 들이는 정성이 남다르게 힘이 많이 든다는 것을 알 수 있었다. 이 세상에는 정성을 들여야 다 경지에 올라갈 수 있는 것인데….

문화유산해설사는 아는 것을 다 전하려고 애써서 도리사에 대한 설명을 했다. 도리사는 설중雪中에 오색의 도화桃花가 피어 있는 것을 보고 그곳에 절을 지었다는 유래를 가지고 있다. 극락전 앞에 서 있는 잎이 넓고 큰 나무가 어제부터 궁금했었는데 인도 보리수라는 이름을 알고 매우 기뻤다. 태조선원에 적혀있는 설법 중에는 '한없는 맑은 바람 누구와 더불어 짝 하리오' 라는 심오한 글귀가 심금을 울렸다. 아도화상 좌선대 역시 도리사에서 볼 수 있는 특이한 것이었다. 적멸보궁에는 일찍이 다른 신도들이 예불에 참여하고 스님의 불경 외우는 소리가 경내를 울리고 있었다. 큰 원 안에 8정도의 글귀가 원을 그려가며 써져 있는 것 등이 우주의 이치에 대하여 좀 더 알게 되는 데 도움이 되었다.

굽어진 소나무 줄기를 감고 올라가는 담쟁이덩굴에서 큰 것에 기대어 살고 있는 작은 것의 아름다운 모습이 보여 눈을 자극하였다. 큰 것이 있으면 반면에 작은 것이 있다. 이런 서로 간의 차이와 다름을 그대로 수용하며 체화하는 과정을 통하여 상담원으로서의 자세를 새롭게 했다. 자만하지 않고 좀 더 겸손하게 나의 말 한마디가 불안과 초조 속에 있는 자들의 마음을 닦아 준다면 금상첨화가 될 것이다.

해설을 다 듣고 와서는 자기에게 편지쓰기와 산사체험 소감을 쓰는 것으로 마감을 하였다.

이번 산사에서의 수련회는 남다른 의미가 있었다. 상담원들이 예전처럼 워크샵이 끝나고 나서 술을 먹으면서 친교를 나누는 시간이 없었다. 나는 좋았지만 음주를 즐기는 남자들은 다소 아쉬움을 느꼈을 것 같다. 부족한 자신을 되돌아보고 다시 기를 불어넣을 수 있는 계기가 되었다. 더불어 복잡하고 소음공해로 스트레스를 가중시키는 도심의 생활에서 탈피하여 내 몸에 초록의 피톤치드가 스며들어서 좋았다. 아주 잔잔하게 떨고 있는 상수리나무 잎 하나에서도 또 하나의 진리를 찾아낼 수 있을 것 같다. 새벽 시간에 산책하면서 내면의 나와 이야기를 나눈 것은 더없는 행복이었다.

"중생이 정업에 매여 있어서 고민과 갈등이 있는 사람들은 상담받기를 원한다."라고 하는 승오 스님의 설법이 상기된다. 여기서 정제된 새로운 각오로 상담을 하면서 내담자들에게 순수한 마음으로 다가가야겠다는 생각이 들었다.

이 우주를 만들어 내는 창조는 이 세상을 수놓아 가는 내가 주인이다. 내 인생을 바꾸려면 각각 개인이 주체가 되어야 한다. 한 사람의 생각이 전 우주를 움직인다. 어젯밤에 들은 구절을 읊조리면서 산사를 내려왔다. 도리사에서 산사체험은 상담원들에게 영의 양식을 먹게 하는 하계수련회였다고 말할 수 있다. 내면을 들여다보려고 애썼다. 오랫동안 여운이 남아 가슴에서 맴돌 것 같다. 고마운 대구생명의전화에 상담원이 된 것이 자랑스럽기만 하다. 얼굴 없는 전화소리에 동참할 상담원이 많아지게 이 기쁜 마음을 주변에게 알려야겠다.

캄보디아 흔적

야자수가 줄지어진 도로를 달린다. "외국이구나." 덥기가 장난이 아니다. 우리나라 한여름처럼 열기가 온몸을 휘휘 감는다. 게다가 비가 안 와서 미세한 황토 흙먼지까지 신발 위를 뿌옇게 덮어주고 있다니.

야간에 봉사를 하는 것은 흔하지 않은 일이다. 대구생명의전화에서 상담봉사를 하면서 동아리 활동으로 친목을 나누는 상담원들이 외국여행으로 스트레스를 날리러 갔다. 대구에서 출발하여 인천까지 가지 않아도 되는 편리함이 좋았다. 캄보디아는 우리나라보다 시차가 2시간이나 늦다. 착륙시간이 가까워져 창밖을 내려다보니 깜깜한 가운데 띄엄띄엄 불빛이 반짝였다. 찬란한 불빛으로 불야성을 이루는 대구의 야경과는 비교가 안 되게 촌스러운 감이 돌았다. 우리나라 50년대와 비슷하게 느껴졌다.

길거리에는 차, 오토바이, 투투기(삼륜차), 자전거가 함께 어우러져 각자의 길을 헤쳐 가고 있다. 교통신호는 찾아봐도 보이질 않는다. 오토바이들만이 즐비하게 오고 지나간다. 더운 날씨라서 걸어다니는 것이 격한 노동을 하는 것과 같아 땀이 목덜미를 스르르 내려오곤 한다. 그것을 달래주는 것이 오토바이란다. 거리는 원시림에서 조금 탈피한 것 같으나 쓰레기가 이쪽저쪽에 널브러져 있어 후진국이라는 것을 감지하게 한다.

가는 곳마다 아이들이 조그만 팔찌를 사달라고 애걸복걸한다. 아예 어느 한인 가이드들이 각자 단골로 하는 팔찌 파는 꼬마들을 불러 모아 놓고 한국 노래를 가르쳤다고 한다. 초등학교 저학년인 어린이들이 팔찌를 파는 바구니를 들고 있다. "우리 만남은 우연이 아니야." 노사연의 '만남'을 노래해서 마음을 찡하게 하더니만 한국 어린이 동요를 줄줄이 합창한다. "그렇구나, 이 나라에 오게 되어 너희들을 만난 것도 우연이 아닌 것이지." 가슴이 뭉클하여 저절로 일 달러씩 서슴없이 그들 바구니에 넣어준다. 내 눈에는 안타깝게 보이지만 그들은 매우 기뻐한다. 어린이들이 돈을 벌어 가정의 생계에 보탬이 될 때 얼마나 기쁠까 생각하니 우리들의 마음 모으기가 인간미를 자아냈다. 우리나라는 어려운 고비를 겪었어도 어린아이들이 저 정도까지는 안 그랬던 것 같았는데.

유원지에 갔더니 반바지에 슬리퍼를 신고 있는 깡마른 남자아이들의 까만 눈동자가 여행객의 마음을 아련하게 한다. 땟자국이 줄줄 배어있는 옷에 구릿빛 같은 얼굴의 꼬마는 동생을 안고 버스에 기대어 선 채 원 달러를 반복적으로 외쳐댄다.

우리나라도 외세의 침략을 수없이 받았지만 그 나라도 숱하게 힘 있는 국가들에 시달려야만 했으니…. 크메르왕조는 태국의 아유타야왕조에 조공을 바칠 수밖에 없었단다. 태국은 캄보디아의 종주국처럼 행세하고. 프랑스의 지배를 받으면서 힘을 잃게 되었다.

정권을 잡은 폴 포트는 자본주의자로 인정되는 지식인, 기관원, 의사 등 똑똑하다고 생각되는 수천만 명을 처형했다. 죽음의 뜰이라 말하는 킬링필드에서 벌어진 일이다. 때마침 흉년과 기근까지 들어 국민들은 아사상태에 빠졌고 1979년 베트남군의 침공으로 정권을 빼앗겨서 공산 치하의 혹독함을 감내할 수밖에 없었다. 폴 포트 정권이 베트남군에 의해 축출된 '베이비 붐'으로 현재인구의 절반이 젊은 사람이다.

왓트마이 사원에는 킬링필드 대학살 당시 억울하게 죽은 영혼들을 위령하고자 하여 수많은 유골이 쌓여 있다고 한다. 그 광경을 상상하니 마음 한구석이 오싹해진다. 이 사원에서 불쌍한 영혼들의 위령제를 지내서 혼을 달래 준다니 인간적인 면이 있다는 것에 마음이 조금은 따뜻해져 간다. 그 당시에 건물을 꼼꼼하게 설계하여 사방에 통로를 만들어 통풍이 잘되게 지은 사원은 더운 지방에서 지혜롭게 살아가는 모습이다. 모든 사원은 돌로 지어져 그 나라 고대시대에는 돌문화가 발달했다는 것을 증명해 보였다.

캄보디아는 비극의 역사를 딛고 일어나 희망의 역사를 만들어가는 나라 중에 하나이다. 내전의 상흔이 아직 곳곳에 남아 있다. 두서너 가지만 보아도 수십 년 전 한국전쟁 후의 참상이 그대로 투영되는 것을 느꼈다. 현재는 국가재정 운영을 국제사회의 원조에 크게 의존하고 있는 세계 최빈국 중의 하나로 머물러 있다. 위대한 잠재력을 지니고 있건만 어느 세월에 빛을 보려나! 메콩강 유역의 원시림에 가까운 농토, 서부지역의 울창한 삼림과 풍부한 수산자원이 그나마 희망의 미래를 보여주는 것이 아닐까. 보수적인 크메르족이 오랫동안 토박이로 살아오고 있으며 국민의 95퍼센트 이상이 불교에 의존하면서 애환을 달래가고 있다. 동남아시아 나라의 하나인 이 나라의 역사, 문화를 느껴보면서 여러 가지 감흥이 떠나질 않는다.

우리나라가 전쟁 이후 폐허가 된 벌판을 뼈 빠지게 쉬지 않고 일하여 일구어 세웠으니. 우리의 할아버지 부모들에게 감사하는 마음이 솟구친다. 그 덕분으로 이렇게 여행을 와서 이런 나라를 구경하면서 문화와 음식을 접할 수 있다는 것이 고마울 뿐이다. 마주치는 사람이 대부분 한국인이다. 그만큼 우리나라 국력이 신장되었음을 여실히 느껴서 자랑스러운 마음이 감돈다. 이 나라도 그 옛날보다는 지금은 많이 발전하였고 발전하려고 몸부림치고 있는 것 같다.

기대에 부푼 여행객을 태운 유람선이 톤레사프호 가운데로 들어간다. 그림에서 보았던 수상가옥들이 어설프게 떠 있다. 수명을 다하여 곧 가라앉거나 부서질 것만 같은 낡은 집은 어떤 사람들이 살고 있을까. 십자가를 단 교회가 있어 힘든 마음을 의지할 곳이 있어 보인다. 어린이들이 종알거리는 소리가 들릴 듯한 유치원 가옥도 눈에 띈다. 바람에 흔들거리는 빨래가 널려 있어 일상적으로 보아왔던 동네의 한 풍경을 보는 듯했다. 사람이 살아가는 곳에는 어디든지 의식주가 기본인 것을 그대로 말해준다. 그 가운데 어느 집 앞의 선반에는 꽃을 심은 화분이 있어서 얼굴 표정이 확 펴진다. 꽃은 누구에게나 기쁨을 안겨주는 선물이다. 사람의 마음을 정화시켜 주는 데 꽃만 한 것이 어디 또 있으랴. 한쪽에 화단을 만들어 채송화, 백일홍, 분꽃, 맨드라미 등을 심어서 여름 내내 꽃을 보며 자라 온 덕분에 이 나이가 되어도 꽃은 풍성한 감성을 자아내게 한다. 엄마가 꽃을 좋아해서 그것을 보고 자란 우리 남매들은 꽃에 대한 애착심이 남다르다.

유람선이 천천히 가더니만 바로 우리가 타고 있는 배 옆으로 따라오는 모터보트에서 콜라나 음료수 캔이 몇 개 든 바구니를 든 어린 소년이 스턴트맨처럼 뛰어 올라와 사달라고 애걸한다. 그들의 마음에서 들끓어 오르는 삶의 몸부림을 느낀다. "그래, 그렇게 살아가야지!" 아려지는 마음에 "잘하는구나."라고 힘이 나게 긍정의 마음을 보낸다. 같이 손을 흔들면서 반가움을 나눈다. 애처로운 모습을 보면서 어린 새끼들을 관광객 앞으로 구걸 보낸 그 소녀의 어미의 심정을 헤아려 본다. 잔잔한 강물 위에 여행의 재미가 넘실거린다.

시카고의 백 송이 장미꽃

옆집 울타리에 덩굴장미가 발자국 소리에 파르르 떤다. 새벽녘의 그윽한 꽃향기는 잠들었던 우주의 코를 비비게 한다.

지난해 가을 초입에 "타임머신을 타고 32년 전으로 가보세요." 라는 어느 한 신사의 전화가 왔다. 허스키한 목소리에 중후함이 물씬 풍겼다. 조심스럽게 설렘을 억누르는 듯해 보였다. 32년 전의 생각이 아슴푸레하게 나는 것 같기도 하면서 긴가민가했다. 그는 그 당시 학교 규율이 너무 엄해서 사귀어 볼 엄두를 내지 못했다. 아직도 그때의 좋아하는 마음을 잘 보듬어왔다. 머나먼 나라에서 청년시절 사랑무리를 그리워하며 그토록 보고파 하는 마음을 여는 그 용기, 아름다움, 그리움.

미국으로 이민을 간 지 15년이 훨씬 넘었다. 미국 생활 동안 두 번 만에 찾았다. 나를. 나를 찾기까지 시간도 많이 걸렸고 가슴앓이가 적지 않았다고 했다. 그 이야기를 듣는 순간 감사의 말을 어떻게 해야 하나 망설여졌다. 온몸으로 끓어오르던 사랑을 지금까지 가슴에 담고 있는 그를 생각하니 그 아리따운 마음에 반하려 한다.

애틋한 정성을 모아 찾았을 그때 환희의 순간을 되새겨 보았다. 성의도 없게 전화를 받을 일이 아니었다. 그의 그리워하는 마음을 어루만지며 칭찬을 거듭했다. 연말에 크리스마스카드와 옛 추억이 담긴 닐 다이아몬드의 노래를 녹음한 시디 한 장을 보내왔다. '당신을 좋아할 때 듣던 그 음악'이라고.

목련꽃이 미소 짓는 초봄, 내 생일날 며칠 전에 미리 전화가 왔다. 처음에는 꽃다발 보내는 것을 숨기려고 했다. 슬슬 돌려서 말하던 끝에 생일날 꽃다발을 보내려고 하는 눈치였다. 꽃다발을 어느 시간에 받는 것이 더 좋겠냐고 물었다. 그때 정중하게 거절을 하려다가 말았다. 그의 숭고한 마음을 있는 그대로 받아 주고 싶었다. 거절을 하는 것도 그 마음을 여태까지 가슴 한구석에 곱게 지니고 온 그에게 상처를 안기는 것이다. 주는 사람의 행복은 주는 자만이 누리는 큰 기쁨이라는 것을.

빨간 장미꽃 백 송이가 벌써 가슴에 안겨 있다. 빨간 장미, 분홍 장미의 향기가 내 살갗에 촉촉하게 스며든다. 아직도 대학교 1학년의 순수한 마음에 머물고 있는 그는 아마도 꽤나 행복한 것 같다.

생일날 아침 8시 전에 백 송이 장미꽃 꽃다발이 보내져 왔다. 내 생전 처음 받아보는 백 송이 장미꽃. 가슴에 장미꽃을 꼬옥 안고서 오래오래 머물러 있었으면 하는 마음이 그득했다. 그의 그리워하는 마음 가닥을 빗질하면서 서분서분한 얼굴도 그려보게 되었다.

바글바글 끓고 있는 감동을 꾹꾹 누르고 감사의 글 몇 마디와 심금을 울리는 글귀를 백지에 적어 보냈다. 주체할 수 없는 표현에 감격했다고. 책상 위에다 놓고 읽고 또 읽으려고 한다.

한 번씩 외출에서 돌아오면 그가 보내온 시디를 틀고 음률에 내 마음도 실어 보낸다. 그렇게도 기다리던 여인, 목소리의 해후로 날아갈 것 같은 카타르시스를 느꼈을 그의 마음을 애무해 준다.

'있는 것을 그냥 있게 하는 것'. 그의 생각을 있는 그대로 인정해 주는 것, 그게 사랑이란다. 아련한 그의 마음을 다치지 않게 연보랏빛 라일락꽃을 따서 꽃이불을 덮어 주련다.

소식이 뜸하면 전화라도 해볼까. 전화번호 알리기를 마다한다. 크리스마스카드의 답장으로 노래를 적었다. "마른 잎 굴러 바람에 흩날릴 때 생각나는 그 사람 오늘도 기다리네. 왜 이다지 그리워하면서, 만날 수가 없구나. 낙엽은 지는데."

그는 꼭 닫은 가슴의 창문을 살포시 열었다. 애끓는 꿈의 실현으로 귀도 열리고, 눈도 밝아졌다. 아직은 그리움이 문설주를 겨우 넘어서고 있다. 몇 년 후에 만날 날을 하늘바다에 또렷하게 적는다. 닐 다이아몬드의 멜로디가 입에서 뱅글뱅글 돈다.

구룡산 자락에 서다

산자락 뻐꾹새 울음소리가 찔레꽃잎에 와서 메아리친다. 기린처럼 목덜미를 뺀 보리이삭이 실바람에 살랑거린다. 외로운 아스팔트길만이 산속으로 휜 채 꼬리가 보일 듯 말 듯하다. 반룡사盤龍寺 가는 길은 무척 난삽하다.

"와아, 여기에 있었구나!" 인기척을 듣고서 하얀 강아지는 만세루 돌계단을 쏜살같이 달려온다. 바짓가랑이에 입맞춤하려고 꼬리를 잘래잘래 흔든다. 정강이를 물을까 두렵기도 하여 "그래, 그래. 예에쁘다!" 하고 웃음 섞인 목소리로 반겨준다. 일주문과 천황문이 없다. 양옆으로 큰 돌, 작은 돌의 섞임으로 석돌 축대가 쌓여 있다. 만세루에 오르니 삼국의 백성들이 분쟁이 없이 사는 것이 무엇인가를 늘 고뇌하는 원효의 자태가 드리운다. 위엄이 있는 풍채의 모습은 25동의 가람과 5동의 산내 부속암자가 있었던 전성기의 유구한 숨결을 머금은 듯하다. 만세루 마룻바닥을 머리에 이고 그 밑으로 강아지가 앞서간다.

물욕을 하나씩 내려놓으며 돌계단을 오른다. 뜨락 한쪽 화단에는 애잔한 두메달맞이꽃이 연분홍 미소를 짓는다. 다른 한쪽에는 둥근 모양의 연미색 꽃을 피워낸 불두화가 있다. 그 옛날 원효가 설법을 하다가 흐뭇함을 드러낸 얼굴이 아닐까. 둥그런 우주의 진리를 모두 다 담아 평화로움을 뿜어내는 듯하다. 거대한 대가람이었던 반룡사의 양쪽으로는 멀리 있는 산들이 마치 어머니의 품만큼이나 넓고 포근하다. 구룡산 깊은 산세를 품어 지어진 대웅전은 환하게 트인 산중턱에 있으면서 경산시를 위해 불심을 돋운다.

반룡이 승천하였다는 전설을 담은, 소원을 비는 관음도량이다. 이 사찰은 신라 때 원효가 산중에 움집 같은 작은 불국을 지은 것이다. 고찰은 임진왜란 때 불타 없어졌다. 천년의 기운은 절 내에 넓은 마당과 양옆 산새 골짜기에서 나오는 듯하다. 대웅전 편액에서는 일타스님의 휘날리는 듯 멋스러움이 배어난다. 스님의 예불은 흐트러진 마음을 가지런하게 한다. 매일 탐욕으로 가득하지만 온 맘을 모아 절 한 번 올린다. 지장보살과 협시보살의 용안이 대조적이다. 고뇌하는 모습은 중생들의 영육의 고통을 안고 있는 게 아닐까. 뒤란의 소나무에서 뿜어내는 피톤치드의 풋풋함이 부처님의 승기지 자락에 안긴다.

원효는 당나라로 구법 여행 중 한 무덤에서 잠을 자다 목이 말라 물을 마셨다. 날이 새자 해골에 괸 물이었음을 알았다. 사물 자체에는 정淨도 부정不淨도 없고 모든 것은 마음에 달렸음을 깨달았다. 한때 신분제의 고통스러움을 몸소 앓으면서 세월을 한탄했다. 전쟁의 상혼은 온통 가슴을 갈기갈기 찢어 놓았다. 일그러진 백성들의 삶을 달래고 삼국이 싸움 없는 나라를 만들어보고자 온 몸을 던졌다. 그 가운데 아버지까지 일찍 여의었으니 세파가 어찌 그를 그냥 두었겠는가. 투쟁으로 인한 물욕, 핍박, 반목질시가 깨달음의 원천이었다. 극심한 번뇌와 고민으로 시간의 흐름이 정지되고 절정을 치닫는 환희가 여기저기에서 꽃송이 같은 등불을 켜게 했다. 하늘의 별빛을 만드는 내 눈빛, 우주를 창도하는 씨앗의 눈, 참됨의 밑뿌리가 들어있는 모든 마음을 기리는 일이 그가 할 일이라고 했다. 사람들은 저마다 자기 속에 삼라만상을 만드는 씨앗을 가지고 있다. 때때로 그것이 들어있음을 알지도 못한다. 허상을 쫓는 자들은 스스로 마음에 들어있는 그것을 찾아내어, 그것의 눈이 싹틀 수 있게 해야 하지 않을까. 바로 이것이 '화쟁'이다. 이것은 그때의 부조리를 척결하고 삼국 통일을 이뤄낸 철학적 해법이기도 하다. 요즘으로 말하면 융합, 통섭과 맥이 통한다고 할까.

　예전에 같이 근무하던 아랫사람은 윗사람이 하는 말에 '틀렸다'라는 말을 수시로 했다. 게다가 상사는 사사건건 나무라기 일쑤였다. 스트레스가 온 가슴속을 꺼멓게 도배를 했다. 그때 자기와 생각이 다른 것을 핀잔주기만 한 그 사람들로 인한 가슴앓이는 공교롭게도 나에게 유방암의 고통을 겪게 했다. 암은 몸과 영혼을 난도질했다. 세상을 원망하기도 하고 내 자신이 싫어지기도 했다. 그러나 이제 와 생각하니 나 역시도 그들과의 의견 차이를 차별, 무시와 핍박으로만 생각하지 않고 화해로 돌려놓는 지혜가 있었으면 하는 깊은 울림이 일어난다. 갈등 상황일수록 대화로 풀어야 하지 않을까. 그것은 다툼을 화해시키고 평화롭게 함께 가도록 하는 일이다. 인간관계에서 모든 것이 공 안 들이고 거저 되는 일이 어디 있으랴. 이제 와 보니 지난 전쟁의 역사와 당파의 갈등은 요즘 시대와 한 치도 다르지 않음이 씁쓸하다.

그의 넋이 어려 있는 절 내를 돌아본다. 설레는 맘으로 가득 찬 아름다운 미래와 현실 사이에 가로놓인 우울한 함정에서 절망 대신에 희망의 발판을 놓아야 하지 않을까. 바로 여기 영혼의 쉼터에서. 반룡사에 와서 심오한 원효의 깨달음으로 다소 위안을 받는다.

대웅전 우측으로는 역사를 간직한 왕재로 가는 둘레길이 있다. 길 양옆에는 해바라기들이 혜해스님의 호미질로 뿌리를 내리느라 힘겨워하고 있다. 무열왕 내외는 경주에서 경산을 다니는 그 고개를 오르다 보면 땀방울을 훔쳤을 것 같다. "좀 쉬었다 가요, 혼자만 먼저 가지 말고요." 딸 요석공주와 설총 외손자를 보러가는 기쁨으로 다리가 아픈 것쯤이야 늦한이 참아내지 않았을까. 나이 들어가다 보니 나에게도 손주를 안아보는 즐거움이 생겼다. 이만큼 더 좋은 것이 또 어디 있으랴! 요즈음 옛날보다 손주와 눈맞춤의 기쁨은 더하면 더했지 기울질 않을 것 같다. 조만간 탐욕과 스트레스로 꽉 찬 생활의 힐링을 위해 그 고갯길을 넘어가 보고 싶은 마음까지 떠오르는 길이다. 대웅전 왼편의 승방 앞에 다가간다. 이인로의 '산거' 라는 시가 반긴다.

봄은 가고 꽃은 아름답게 피었는데
맑은 하늘 깊은 골에 그늘은 절(반룡사)로 지네.
두견새 맑은 노래 한낮에 울어 에니
깊은 골에 간직한 마음을 비로소 느끼게 하네.

시를 다 읽으니 반룡산의 촘촘한 나뭇잎 사이로 '뻐꾹뻐꾹' 청아한 뻐꾸기의 노랫소리가 반갑다. 간혹 바람을 몰고 오는 육동 고을에서도 '구구 구국 구구 구국' 하는 멧비둘기의 구성진 울음은 심장 고동소리가 잠시 쉬어가게 한다. 산새들도 그때의 감흥을 아는가? 피나무의 잎들이 나붓한 산들바람결에 일렁인다.

왕재 가는 길 좌측에는 서 있는 하얀 관음보살이 있다. 관음보살, 대웅전, 삼층석탑, 만세루의 가람 네 개가 일직선상에 있는 것을 볼 수 있었다. 작은 것들이 화합하여 하나의 통일을 준비하는 것으로 보인다. 오랜 세월을 함께한 아름드리 소나무는 어디로 갔을까? 짙푸른 솔잎이 빼곡한 청년소나무들이 관음보살을 에워싸고 보초를 선다. 그의 정성이 있을 법한 천불전은 천개의 부처님에서 광채의 파편들이 보석처럼 빛난다. 6·25 때 빼앗긴 국토를 구하려는 들끓는 충정이 묻어있다.

'화쟁'이라고 편액을 건 승가람마가 앞으로 지어지면 좋겠다는 생각이 떠나질 않는다. 훤히 트인 평화로운 육동 벌은 원효의 화쟁을 실천하라는 가르침을 은연중에 일깨워주는 것이 아닐런가. 절집 누렁이는 축대 기왓장에 앞다리와 뒷다리 하나까지 얹어놓고 묵상하고 있다. '또 누군가가 왔다가 가는구나!' 하는 속

말이 눈빛에 담겨있는 듯하다.

산기슭 좌측으로 돌뽕나무엔 빨간 얼굴의 오디가 조랑조랑 달려 있다. 그 앞에 진흙으로 벽을 바른 기와지붕을 이은 처마에는 '이 뭐 꼬 ?' 라는 타원형 나무에 새겨진 글귀가 여운을 남긴다. 해거름의 고요함이 저 멀리 산등성이를 타고 내려온다. 구름 사이로 사금파리 같은 햇살조각이 잠깐 고개를 갸우뚱한다. 나는 찔레꽃송이 앞에서 머리를 텅 비워 놓고 서성거리고 있다.

거문고 울리는 자계서원

　　맑고 청아하게 들려오는 그의 거문고 소리는 어머니에 대한 그리움과 딸에 대한 사랑을 껴안고 가슴에서 가슴으로 번져나가는 애틋한 가락이었다. 한편 둔탁한 소리가 소나기처럼 쏟아지기도 했다. 울분을 토해내는 쇠창 소리와 흡사하다고나 할까.

　　거문고 머리에 학이 한 마리 그려져 있는 것이 남달랐다. 학은 먹을 것을 생각하는데 거문고는 먹을 것도 생각지도 않는구나. 학은 욕심이 보이는 듯한데 거문고는 욕심도 없으니 나는 욕심이 없는 쪽으로 마음이 기우네.

　　부조리한 현실에 맞선 행동을 한 것이 그렇게나 잘못되었나. 천하보다 귀한 한 사람의 생명을 이토록 혹독한 형벌로 죽여야만 나라를 잘 통치하는 것인가? 무소불위로 왕의 권력을 전횡하던 그 시대에 선비로 살아간 것이 죄란 말인가. 땅을 치고 통곡을 해도 되돌릴 수 없는 일. 참사를 당했던 역사적 사건을 현장에 와서 절감하고 나니 나도 모르게 뜨거운 분노와 애석한 마음이 불끈 치밀어 얼굴이 달아올랐다.

원내를 둘러싸고 있는 기와장이 덮인 나지막한 흙돌담 안으로는 품위를 맘껏 드러낸 향나무 대여섯 그루가 자계서원을 든든히 지키고 있는 듯했다.

주변을 돌아보니 불의에 타협하지 않고 올곧은 선비로서 매우 진취적이고 과감하게 조정을 향하여 직언과 충언을 아끼지 않았고, 불의에 타협하지 않고 제대로 된 언관이기를 원했던 선생의 정신을 조금이나마 느낄 수 있었다.

> 푸른 물결 넘실넘실 노 소리 부드러워
> 소매에 찬 맑은 바람 가을인 양 서늘하다.
> 머리 돌려 다시 보니 참으로 아름다워
> 흰 구름 자취 없이 두류산을 넘어 가네.

그가 젊은 시절 섬진강에서 정여창과 함께 지리산을 유람하면서 읊은 시가 심금을 울렸다. 천천히 이 시를 읽고 또 한 번 읽으니 그도 한때는 여유롭게 시심에 젖은 낭만적인 면모가 있었음을 알게 되었다. 영귀루 옆에는 그가 심었다고 하는 키도 크고 겸손함을 드리운 은행나무 두 그루가 있다. 세월의 덮개를 이기느라고 일곱 가지로 벌어져 있었다. 그 나무는 오늘날 선생의 정의로움을 지지하는 사람들이 많아진 것을 떠오르게 했다.

탁영 선생은 휘영청하게 달이 밝고 고요한 밤을 혼자 지낼 때면 몇 잔의 술을 마신 후 거문고 줄을 힘껏 당겼다가 탁 놓기도 했다. 둔탁한 소리가 선생의 심장을 치는 듯 가슴이 아리고 온몸도 부르르 떨렸다. 이 세상이 지진으로 마구 흔들렸으면 하는 마음이 거문고 위에서 한바탕 요동을 쳤다. 그는 동화문 밖에 있는 어떤 노파의 집 사립문 설주였던 오동나무를 어렵게 구입해 거문고를 손수 만들기도 했다.

"내가 거문고를 간직하는 것은 거문고가 사람의 성정을 다스리기 때문일세. 내가 거문고를 탈 때 완악한 마음이 근접하지 못하는 것이 참으로 좋으이." 죽음을 두려워하지 않고, 오직 의에 살겠다는 각오를 거문고 여섯 줄에 실어 세상에다가 힘껏 표출했다. 오백 년의 세월이 흐른 지금, 탁영금은 국립대구박물관 깊은 곳에서 고난과 정의를 함께 품고 고이 잠자고 있다. 그는 거문고를 좋아했고 능숙한 연주가였다.

먼 훗날 거문고의 줄이 낡아서 터지듯 사람의 육신도 세월을 이길 수는 없다. 아무리 세인들의 관심을 끌었던 미녀라고 해도 다를 바 없다. 그러나 철저하게 도를 우선시하고 유교적 실천 윤리를 제일로 치는 강직한 선생이 젊은 나이에 세상을 멀리한 것은 통탄하고 분개할 일이다. 정의가 불의 속에서 제대로 빛을 발하지 못하고 이렇게 짓밟히는 과거나 현실을 생각하면 서글퍼진다. 요즘은 하루에도 몇 가지의 비리 사건이 신문지면과 TV 화면을 어지간하게도 어지럽힌다.

누구나 깊은 가슴에는 올바른 생각이 있다. 자신이 처한 현실에서 시대와 화합하고 소통한다는 것이 얼마나 어려운 일이며 또

한 정의사회를 위하여 몸소 실천한다는 것이 하늘의 별을 따기만큼 고통이 따른다는 것을 또 한 번 생각하게 한다.

혼자 깨끗하고 홀로 걸어가는 사람이 현재를 살아가기에 얼마나 불편한 일인가! 어떻게 사는 것이 올바르게 살아가는 모습일까?

"창랑의 물이 맑으면 내 갓끈을 씻으면 되고, 창랑의 물이 흐리면 내 발을 씻으면 되는 것을." 그는 청빈낙도의 경지에서 혼탁한 세상을 살아가면서 두 개의 기로에서 어떤 길을 선택해야 할까 고민이 많았다. 세상살이에 집착할수록 고뇌에 빠지고, 불행의 늪에서 허우적거린다. 그 여파로 세상은 더욱 뒤죽박죽이 되고 시끄럽게 되기 마련이다. 세상 사람들이 탁하면 나도 진흙탕 속에서 같이 휘저으며 뒹굴어 흙탕물을 일으키며 살아가는 것이 편한 것이 아닐런가. 그러나 선생은 흙탕물을 거부하고 호를 탁영濯纓이라 했다. 그리고 기꺼이 죽음도 마다하지 않았다.

사관으로서 역사의 기록을 통해 잘못된 정치를 고발하려고 했던 탁영 선생의 삶은 바로 부정부패가 판을 치는 오늘날을 살아가는 우리들에게 따끔한 경종을 울려 주는 듯하다.

일상에서는 구름이 하늘에 붙어있는 줄로만 생각했는데 와룡산 정상에서 내려다보니 구름이 하늘 중간에 걸려 있다는 것을 알게 되었다.

그의 친구 사호는 일손과 어릴 때부터 벗이 되어 학문의 쓰고 신 맛을 함께 겪었다. 사호가 진주로 갈 때 그가 그리워 울적한 심정을 시 한 수로 달래어 보았다.

"그대가 하룻밤 사이에 길을 떠난다고 하니, 그동안 고운 정을 다 못 나눈 것이 아쉽기만 하네!"

어느 사이에 한 손은 거문고 줄을 힘껏 잡아당기고 있다. 그 소리는 가물거리는 등잔불 앞에서 그대가 그리워 잠을 못 이루는 밤을 검은색으로 잠재우려 한다.

그의 삶은 쪽빛 하늘에 맑게 수놓인 별빛 같다고나 할까. 언제 어디서나 정의의 고운 빛으로 반짝거렸으면 하는 마음이 든다. 아픔에도 빛나고 슬픔에도 빛나는 별인 것 같다. 외로움 가운데서는 더욱 밝은 빛이 난다. 그리울 때에 빛나는 별이 되어 세상 속에서 의로움의 빛으로 영원하지 않으려나.

천 년을 산다는 주목나무 두 그루도 보인당을 보듬어 주고 있다. 종일 쉼도 없이 내리쬐던 해가 와룡산을 넘어간다. 낙조가 개울물에 드리운다. 쌀밥을 고봉으로 담아놓은 것 같은 이팝나무의 꽃송이도 충절의 흰빛을 띠고 있다. "너 자신과 타협하지 마라. 너 자신에게 정직하라." 나무들도 크게 읊조리고 있다.

울림통이 좋은 악기가 훌륭한 소리를 내듯 우리의 마음도 조금 비워두어야 울림이 있다. 사람들은 저마다 악기를 하나씩 가지고 다니는 것이 좋을 듯싶다. 누가 내가 슬플 때, 외로울 때 심금을 울려 줄 수 있을까. 누가 울려주기를 바라기보다 내 가슴속의 거문고 줄을 먼저 잡아당겨야 하지 않을까.

정의의 울림이 자리하기 위하여 마음 한구석을 깨끗하게 닦아서 여유로운 빈칸을 만들어야 할 것 같다. 울림은 작은 감동으로 번져가고, 잔잔한 감동이 많아야 깊은 깨달음이 솟구치지 않을까.

거문고를 타다 보니 새벽달이 넘어간다. 들보 위의 제비는 훨훨 둥지를 날아가려고 지지배배 노래를 부르며 눈을 비벼댄다.

짙은 안개에 싸인 도리사

일상적인 만남이 아닌 것 같다. 가는 날이 장날이라 비가 부슬부슬 내린다. 다행히 촉촉한 정경이 더욱 풍치를 자아낸다. 도리사로 오르는 산길의 경사는 등이 구부러진 할머니 같다. 한 발짝 두 발짝 쉬엄쉬엄 걸어 올라간다. 송글송글 작은 땀방울이 머릿속을 간질여도 신라 최초의 절에 오른다는 생각에 기운이 절로 솟는다. 여기서 내 마음을 까맣게 덧칠한 욕심들을 조금이라도 날려 보낼 수 있으리라는 기대를 하니 발걸음이 조금씩 가벼워진다. 길옆에는 가족 품에 안기듯 복숭아나무의 이파리가 분홍빛으로 내 마음을 가로챈다. 벌레집들의 향연이다.

살아오면서 편안했을 때보다 힘들어서 허덕이고, 생을 그만두고 싶었던 순간들이 더 많지 않았던가. 이 절을 들어가는데도 젊은 시절 삶의 고달픔이 그려지듯이 힘이 든다는 말이 나도 모르게 튀어나온다. 입구에 다다르니 다문다문 자라있는 소나무 사이에는 책상다리로 앉아 명상이라도 하고 싶은 의자들이 군데군데 있다. 솔 내음이 내 가슴까지 푸르게 만든다. 정이 쏟아진다. 분명 그들은 나를 반기고 있는 게 틀림없다. 전각들은 늘 절에 가면 보았던 사찰의 가람배치와는 낯설게 보인다. 이 고찰이 살아가는 모습이라고 생각해 본다.

설선당으로 이어지는 돌담을 지나니 우측에 있는 반야쉼터에서 차향이 은은하다. 왼편 계단으로 오르면 극락전이다. 솔 향 그윽한 산사에서 잡념을 털어버리고 지나온 시절을 되새김질해 본다. 소나무의 삶에 나의 생활을 견주어본다. 무언가 작은 울림이 소소명명히 두피를 뚫는 듯하다. 얼마간이라도 떠들썩한 다툼이 없는 이런 곳에서 몸과 마음을 씻고 살고 싶어진다. 구름 같은 생각이 두둥둥실 떠오른다.

스님들의 선방인 태조선원太祖禪院, 극락전, 삼층석탑이 양미간 사이로 줄을 선다. 도리사 서쪽 산기슭에 전망대에 오른다. 안개 속에 보이는 낙동강 물은 부드러운 버들잎과 어우러져 흐르는 것 같다. 물결 위에는 수증기가 엉겨서 아주 작은 물방울이 모여들고 있다. 짙은 안개들이 쌓여 안개꽃을 피우려나 보다. 사찰 내 아름다운 풍경을 바라볼 수 있는 곳, 적멸보궁이 중간에 넉넉한 풍채를 드러낸다. 이 절의 요모조모를 아우르는 듯한 부처님의 용안이 스친다. 부드러운 산세들이 굳어있는 마음을 녹신녹신하게 인절미같이 녹여준다. 설선당 팔자형 지붕이 다소곳하고 가지런한 꾸밈새를 지닌 여인의 자태와 비슷하다. 태조산과 선산 벌을 두런두런 둘러보니 미리내 같은 감동이 일어난다. 진한 녹색의 구릉길에서는 회한으로 얼룩진 마음의 짐을 내려놓고 싶다. 유한

하게 펼쳐지는 산자락 골짜기들이 세류에 시달리는 사람들의 괴로움을 다 품어주는 듯하다. 깨달은 마음을 가지기에 여기보다 더 살가운 곳이 어디 있으랴.

절이 좋아 찾아온 사람들이 담상담상 눈에 띈다. 말수를 아끼며 마음으로 말하는 것 같은 표정들이 역력하다. 그저 묵묵히 숲속의 고요함에 마음을 기대어 스스로를 다독이는 것만 같다. 여기 와서는 찌들은 삶의 조각보를 한쪽씩 씻고 가야 하지 않겠나. 새들의 지저귐이 한 번씩 들릴 때는 산속 고요함이 생긋뱅긋해진다. 들뜬 마음을 가라앉히고 솔숲을 거닐어본다. 철들고 어우렁더우렁 지내려고 했던 나를 알아차리게도 된다. 신발 앞 주둥이에 시선이 멈춘다.

기왓장 옆으로 불두화가 아직도 둥그런 우윳빛 자태를 그대로 드러낸 채 사람들에게 다가온다. 두루뭉술하게 살려고 애면글면 했던 삶이 그럭저럭 60여 년을 훌쩍 넘었다니. 절집 뒤란에는 소나무들이 바람과 도란도란 이야기를 막 끝낸 듯하다. 솔잎 하나하나가 기이함으로 가슴을 부풀게 한다. 안개 짙은 산수화 한 폭에 담겨진 중년의 나는 지금도 욕심에 찌들어 있다. 못내 그것을 떨치지 못하여 절 마당을 서성거린다. 내려놓기, 벗어버림, 내 생활에 옮겨야 되는 그런 말들이 이마 위로 모여들고 있다.

설선당 우측에 있는 수선요에서 점심 공양을 하고 나오는 사람들이 보여 발걸음이 빨라진다. 아니나 다를까 공양하고 가라고 반긴다. 허기가 살살 올라오고 있던 차에 도라지, 산나물 볶음, 산초 잎 무침, 방아 이파리 부침개 등으로 어우러지는 담백한 절집 밥상이다. 특이한 향을 내는 산초 잎 무침이 입 안에 군침을 돌게 한다. 다른 절에서는 짠지 한 접시에 국 한 그릇이 전부였는데 감칠맛 나는 반찬들이 있는 공양으로 몸과 마음이 여유로워진다. 만든 분의 정성까지도 오물오물 씹으면서 먹은 접시를 씻어 엎고 돌아선다. 한쪽에는 콩고물 인절미가 고소한 콩가루 향을 풍기며 스스럽게 쳐다보고 있지 않은가. 후식으로 감지덕지하다. 신라시대 최초의 절에서 맛깔스레 공양을 하고 나니 뒷골이 부끄러워진다. 감복의 정으로 보시를 올려드리니 가슴을 채우는 무게를 느낀다.

어느 날 성곡 공주가 큰 병이 나서 숱한 방도로 치료를 받았으나 효험이 없었다. 아도는 향을 피우고 온 정성을 다해 빈 공덕으로 성곡 공주의 병을 낫게 했다. 혹시 공양에 무침을 한 산초 잎 같은 것으로 향을 피웠을까, 단오 때 베어다 말린 쑥을 태운 향으로 치료를 했을까 궁금해진다. 요즘 허브 잎과 꽃을 사용한 향기 요법들이 사람들의 생채기가 난 마음을 달래주고 통증을 무디게 해준다. 일찍이 그분은 산간에서 자라는 특유한 식물의 향을 이용했다니 지혜롭다. 주변으로 돌탑이 쌓인 길은 아도화상의 또 다른 흔적을 만나는 공간으로 연결된다. 비탈진 솔숲 사이에 들어선 아도화상 사적비에는 신라에 불교를 전한 내용이 상세히 적혀 있다. 널따란 바위가 덩그러니 있어 해동불교의 발상지를 지키고 있다. 그분이 수도할 당시 앉아 있었던 모습이 어슴푸레하다.

태조선원 앞에 선다. 바람벽, 기둥, 기왓장들의 오래된 자취가 그 옛날 정겨움이 묻어있는 고향의 앞산 자락에 절간 같기도 하다. 빛바랜 편액마저 마음을 포근포근하게 해준다. 온종일 부슬비를 내리고 있던 회색빛 하늘이 배웅한다. 맑은 봄날 피어난 뭉게구름과 나뭇잎이 살랑거리는 남실바람이 복숭아꽃을 피울 때 또 한 번 와 보고 싶다. 절집에서 발자국을 뒤로하고 되새김질을 하는 동안 천육백 년 고찰 도리사의 감동은 가슴의 울림으로 전신을 휘감는다. 희뿌연 한 안개가 소나무 가지 사이로 날아든다. 내 발등이 부슬비에 혼곤히 젖어 있다.

터널을 걷는다

　　　　　　살포시 감긴 손끝에 기대는 볼때기의 따사로
움이 가슴에 전해진다.

　봄이 오는 모습은 수줍은 새색시 같다. 화려하게 수놓아 가는
수틀에 고개를 묻었다가 다시 살며시 고개를 든다. 봄의 화신인
우윳빛 목련은 봉오리를 한껏 드러낸다. 그 옆에는 빨간 동백꽃
이 나지막하게 있으니 조화를 이룬다. 새로운 곳으로 가는 길이
궁금하다.

　인간이 풀잎의 이슬처럼 미약하고 인간의 두뇌로 무한한 우주
를 다 알 수 없다는 것을 누가 부인할 수 있을까. 생전 처음 터널
안을 걸어야 했다. 차들이 많이 다니지는 않지만 한 번씩 된소리
를 내고 지날 때는 몸이 오그라든다. 그곳에 들어가면 저 멀리 나
가는 끝은 희미하게 보일 듯 말 듯하다. 조바심 나는 마음을 추스
르면서 가노라니 맞은편에서 여인 한 명이 아무런 두려움도 없이
재빠르게 걸어온다. 말을 건네 두려움을 떨치고 싶었으나 용기가

없는 두뇌는 물론 순발력도 없다. 막대기처럼 몸을 날씬하게 해서 예의를 갖추어 길을 비켰다. 멈칫, 멈칫, 두근대는 가슴을 안고 긴 터널을 걷는다. 마음속에서 참았던 긴 한숨에 나도 모르게 누가 듣기나 했을까 봐 가슴을 졸이며 숨을 몰아쉰다.

삼십 대 후반을 살아오는 동안 먹고 자고 입에 풀칠하기에 급급했다. 집에 오면 장롱이 차지한 방에는 부부가 누워 잘 수 있는 공간뿐이었다. 마음은 항상 꽉 막힌 듯했다. 출구가 없는 그런 터널에 갇혀 있었다. 더러 가스를 내뿜어보지만 답답함은 여전했다. 언제 이 골방을 벗어날까?

살아가면서 터널을 걷는 사람이 어찌 나뿐이겠는가. 그곳을 빨리 빠져나가고 싶은 간절한 마음을 기도하면서. 세월이 어느 정도 지나고 나서야 빠져나왔지 않았나. 마음 한구석에 까맣게 그을음을 드리운 채로 그곳을 지나가는 사람은 얼마나 많은 괴로움을 토해냈을까? 어떤 이는 자동차의 달리는 소음도 친구 삼아 빠른 걸음으로 잘도 가는 것 같다. 터널을 걷는 동안 힘든 것도 누구한테 하소연 한번 제대로 쏟아내지 못한 채 가슴에 작은 바윗덩이만 만들고 있었다. 타고난 성격이 맘에 안 든다. 조잘대지도 못하다니. 괴로우면 발랑발랑 말을 하면 될 텐데. 그때 파도소리 철썩대는 바닷가라도 가서 소리라도 질러댔으면 나아졌으련만, 그 짓거리도 못 하고 삶의 여유라곤 눈곱만큼도 없어서 한심했었다. 누가 그렇게 하라고 하지도 않았는데도 말이다. 팍팍하게 살아갈 수밖에 없었던 것은 온전히 주변머리 없는 내가 만들어간 삶이었다.

그때는 검은색 일색인 암흑덩어리였다. 지내놓고 보니 그 터널이라도 그렇게나마 일찍이 지나갔다고 생각되니 다행이다. 그나마 회색빛 시대에 밥이라도 남한테 손 안 벌리고 먹고살아 왔다. 무심한 듯 감아진 눈에 숙여진 고개 넘어 추억이라는 하나의 그림자가 맴돌이를 한다. 봄이 데리고 오는 희망의 소리가 도톰하다. 겹겹이 겨울을 견디었던 그 터널 속에도 목련꽃 잎이 바람 따라왔다가 모퉁이에서 반겨준다.

개나리가 활짝 피어난 언덕을 넘는다. 떠나기 싫은 찬바람은 움트고 있는 가지를 가끔 간질이고 있다. 저쪽 산 입구에서 청설모가 버들강아지를 꺾어 가려운 등을 긁는다.

구마모토 성에서

정오의 햇살이 어리둥절했던 기분을 다소 가
셔준다. 한복차림으로 추운 바람도 뒤로하고 손을 흔들어 환영하
는 그녀들 덕분에 그나마 안도감이 생긴다. 순박하게 보이는 단
발머리와 화장기 없는 그 자태가 더 친근하다. 먼 데 전경도 그리
낯설지는 않다.

우리와 다른 점도 많이 있다. 우리는 큰 것을 좋아한다. 작은
것이 아름답다는 나라이지 않은가. 자동차도 대부분이 작고 거리
는 깨끗하다. 집 난간에 널려있는 이불들은 햇볕을 양껏 쬐고 있
다.

공항에 도착하여 3호차 안내자를 따라서 버스에 탔다. 로비 가
까이에서 어느 여성이 담배 한 개비를 꺼내 피우는 모습이 당당
해 보였다. 시내 순환도로를 지나서 나고야 성 박물관으로 향했
다. 일본은 차선도 좁고 우회전을 하더라도 우리와 반대 차선으
로 운행을 한다. 나지막한 집들과 규격적인 거리와 낮은 산들이

마음을 편하게 했다. 바로 이웃 나라인 것이 더없이 친근했다.

점심밥을 먹기 전에 마린월드에 들렀다. 해안도시의 특색이 보이는 마린월드 수족관에서는 유유하게 놀고 있는 물고기들도 한가로웠다. 터널수조에도 다양한 색상의 열대어 등이 헤엄치고 있었다. 파노라마 대형수조에는 일본에서 최초로 공개되는 샌드타이거 상어를 비롯해 20여 종류의 상어들이 있었다. 그 물속에서 같이 놀고 있는 내 마음도 물살을 제쳤다. 숨 막힐 듯한 긴장감이 감도는 돌고래 쇼의 점프와 공 차기, 2~3회 몸 회전 등은 피로에 지친 우리들에게 환호성이 섞인 웃음을 마음껏 내뿜게 했다.

첫날 우동을 먹으면서 나온 김치라곤 케첩에 배추 절여놓은 것을 묻힌 듯했다. 우리의 김치와 고추장이 삼삼하다. 가는 곳마다 미소를 지으며 인사하는 일본인들의 친절함에 절로 허리가 숙여졌다. 우리 팀들은 인사를 받는 사람이 드물어서 민망했다. 그나마 나는 일본어를 조금 안다고 항상 그들에게 미소로 인사를 주고받아 신이 났다. 후쿠오카 시립박물관에는 구석기시대부터 근대화에 이르기까지 역사, 미술, 고고유물 등이 분야별로 소장되어 있었다. 대구시립박물관보다 크며 한복 전시가 돋보였다.

저녁에는 우리 일원들이 양장으로 갈아입고 환영만찬에 참석했다. 같은 테이블에 앉은 사람들과 인사로 생소함을 달랬다. 룸메이트인 무용교수가 같이 탄 버스에는 강원도 홍천사람들이 있었다고 하여 고향까마귀를 만날 것에 기대가 부풀었다. 반가운 마음에 피곤함은 멀리 갔다. 글쎄! 고등학교 동기 친구가 왔잖은가? 고교 졸업 후 홍천에 가도 한 번도 본 적은 없었지만. 그 친구의 근황을 다소 알고는 있었다. 그 친구도 내가 공부만 했었다는 것도 이미 소문으로 알고 있었다. 반가움에 한참 동안 악수를 했다. 다른 일행들이 우리가 자리를 비켜줄 테니 이야기를 나누라는 너스레도 떨었다. 이틀 동안 꼬박 지도자 세미나를 하면서 각 시군에서 온 사람들과 사귀었다. 지루하기도 하지만 세계의 평화 통일을 위해서 꼬박 앉아 공부를 했다.

넷째 날은 나고야 성 박물관으로 갔다. 그 박물관은 '일본열도와 한반도의 교류사'라는 주제로 상설전시실을 운영한다. 도요토미 히데요시〔豊臣秀吉〕가 나고야 성을 세워서 한반도 침략의 출발기지로 삼았다고 한다. 불행한 역사에 대해 반성을 하는 일본이 한반도 역사를 소개, 연구, 전시하는 곳이다. 이국에서 우리나라를 자랑하는 곳이라서 가슴을 뭉클하게 해주었다. 이곳 문화유산 해설사도 유일하게 한국인이었으니까. 쌍방의 우호를 일시적으로 단절시킨 임진왜란, 정유재란의 무대가 된 역사적인 나고야 성터를 돌아보니 이상한 느낌이 감돌았다. 고목에 동백꽃이 피어 있는 곳에서 햇살을 등에 지고 사진을 한 장 찍지 않을 수 없었다. 둔덕에는 민들레의 노란 꽃이 땅바닥에 앉아 해죽이 웃고 있었다. 보랏빛 광대수염꽃이 그곳으로 손목을 끌어당겼다. 이런 한일 교류의 노력이 언젠가는 효력을 발휘하게 될 것 같아 기대가 되었다.

오후에는 후쿠오카 교외에 있는 고대도시 유적지인 다자이후 덴만구에 갔다. 그곳은 905년 역사를 가진 학문의 신사이다. 일본의 여러 신사에서 받들고 있는 '스기와라노 미치자네공'이 9대신에서 다자이후의 관리로 좌천돼서 이곳에서 죽은 후 그를 기념하기 위해 세운 것이라고 한다. 그곳으로 들어가는 입구에는 세 개의 주홍색 구름다리가 과거, 현재, 미래를 상징한다. 그 다리 위에는 갖가지 폼으로 사진을 담으려는 사람들이 줄지어져 있었다. 신사 중에서 다자이후 덴만구는 규모가 꽤 큰 편으로 건물 자체도 웅장하지만 무엇보다 신사 안에 있는 수령이 오래된 여러 그루의 매화나무가 인상적이었다. 입구에서부터 직사각형 돌로 문을 세우고 지붕을 덮은 그런 규모의 돌문이 5개나 되었는데 그 웅장함이 감탄을 자아냈다. 건강기원, 사업 번창, 시험 합격 등을 기원하는 부적을 팔기도 하고 많이 붙여져 있어 대구의 팔공산 갓바위 같다고나 할까. 특히 다자이후 덴만구가 입시철이 되면 합격기원 부적을 사기 위해 200만 명의 인파가 모여들기도 한다고. 일본도 자식 잘되기를 비는 것은 우리네와 다를 것이 없다.

그 옆에 규슈 국립박물관에 갔다. 그곳은 4층까지 전시실이 있으며 도쿄, 교토, 나라에 이어 네 번째로 설립된 국립박물관이다. "일본문화의 형성을 아시아적인 관점으로 파악한다."라는 콘셉트를 가지고 있다. 또 아시아 각국과 문화교류를 추진하는 큰 거점으로서의 역할을 해 나가는 살아있는 박물관이다. 지역사회에도 개방이 되어 있다는 것이 특이했다. 각종 시설을 안내하는 한국어 이어폰 6개를 내 이름으로 빌렸다. 같이 돌아다니다가 중간에 일행이 흩어졌다. 다행히 먼저 간 일행들은 이어폰을 잘 반납하고 가서 마음이 놓였다. 나와 일행 2명만이 이 구석 저 구석 다니면서 번호 누르고 한국어로 듣는 재미가 쏠쏠했다. 게다가 옆에 일행이 면세점에서 부인의 선물로 태반크림을 사는데 동행까지 했다. 일행들은 우리가 오지 않아 수군거렸다. 핸드폰 번호를 알아도 통하지도 않는 이국에서는 그저 오기만을 기다려야 하는 답답함 그 자체였다. 동행인들의 못마땅한 눈초리에 쥐구멍을 찾아 들어가고 싶었다.

다음 5일째 1층 화장실. 입구에는 '지금은 청소 중이니 15분 후에 사용해 주십시오' 라고 일본어로 적혀 있었다. 여직원이 한 명 서 있었다. "아리가토우 고자이마스."라고 웃으면서 인사를 먼저 했다. "죠즈 죠즈 니혼고." 여직원은 말한다. 가이드한테 물었더니 일본어를 아주 잘한다는 말이란다.

세계 최대급 칼데라 화산으로 1502미터인 아소산으로 갔다. 그 산은 아직도 활동 중이다. 몇 년 전에 온 적이 있는 교장선생님이 멀리서 나오는 수증기가 예전보다 적어졌다고 했다. 분화구까지 4분이면 가는 91인승 로프웨이를 타고 갔다. 위에 올라가도 봄볕으로 착각할 정도로 후한 날씨 인심이었다. 정상의 분화구 저 밑 골짜기에서 수증기가 무럭무럭 피어오르고 있었다. 메케한 화산 냄새가 코를 힘들게 했다. 지구가 살아 있다는 것을 체험하는 순간이었다. 아소산으로 올라가는 중턱에는 미총이라는 무덤이 있었다. 아소의 신이 수확한 쌀을 소복하게 쌓아둔 것이 지금의 언덕으로 변했다고 한다. 내려오는 곳에는 대평원이 있고 아소산으로 올라갈수록 눈이 많이 덮였다. '스기' 라는 삼나무가 빽빽하고 아담한 모습으로 쭉쭉 뻗어 있는 것을 봤다. 일본인의 성품과도 비슷한 것일까. 삼나무가 초기 일본경제 부흥에 이바지했는데 그

나무의 꽃가루가 아토피 피부염을 일으킨다고 한다. 저 멀리 운해에 떠오른 큰 봉우리들을 보고 자연의 신비와 웅대함에 감동했다. 한숨을 크게 한번 들이켰다. 이 분화구 내에 사는 인구만도 10만 명이라고 하니 백두산 천지와 비교도 안 되었다.

내려와서 화산박물관 옆에 있는 식당에서 나온 김치찌개는 우리나라와 맛이 비슷했지만 우리 것을 따라갈 수는 없었다. 식사는 매끼마다 1인이 먹을 수 있는 쟁반식 상차림이어서 이색적이었고, 보글보글 끓는 상태에서 먹을 수 있게 한 램프가 1인용으로 각각 있는 것이 새로웠다. 우리네는 냄비 하나에서 4인분이 부글부글 끓고 있을 텐데.

2시간 정도 갔다. 구마모토시 한복판에 성이 있었다. 일본의 대성은 구마모토 성, 오사카 성, 나고야 성이다. 구마모토 성은 가토 기요마사(加藤淸正)에 의해 7년 걸려 완공된 성이다. 둘레가 9킬로미터, 성곽 넓이가 98만 킬로미터에 달하는 웅대함을 드러냈다. 돌담 쌓기의 명인인 가등청정이 자연의 지형을 이용해 완강한 돌담과 아름다운 곡선의 돌 쌓기를 한 것이 지금까지도 고고하게 유지되는 것이 특이했다. 지붕 용마루에는 물고기와 호랑이가 있는데 화재예방을 하기 위한 액땜이라고 했다. 건물에도 그런 표현을 하는 주술적인 것이 돋보였다. 천수각은 영주가 살던 스위트 홈이었지만 지금은 전망대 구실을 하며 그 안에서 지그재그로 계단을 오르고 올랐다. 전망대는 원래 다다미방이었고 영주가 기거하던 궁궐로 조선기와가 사용된 점이 이채로웠다. 이곳은 아소산의 웅장한 모습과 구마모토 시가지가 보이는 곳이기도 했다.

적병들이 쉽게 오르지 못하도록 수직에 가까운 돌을 쌓아 올렸다. 성벽과 성곽에는 기존의 하천을 이용해 인공호수를 만들었다. 이 호수가 아주 요긴한 요새였다고. 오사카 성이 화려하다면 구마모토 성은 뭉툭하고 더 규모가 크다는 것이 달랐다.

빨간 열매가 달려 있는 겨울나무가 바람에 요들송을 불러댄다. 일본의 아기자기하고 '남에게 피해를 주는 일은 하지 말라'고 하는 국민성은 우리가 본받고 싶은 면이 아닐까.

인각사에서 일연선사를 만나다

화본역은 아주 작고 고즈넉한 역이다. 그 옆에는 중기기관차에 물을 공급하던 급수탑이 높게 서 있는 것이 우선 눈에 뜨였다. 발길을 돌려 그 안에 들어가 휘둘러보면서 장대하고 높은 건물 안에서 그 시절을 떠올리려고 해보았다.

인각사에서 일연선사가 국보 306호인 삼국유사를 지었다는 것을 다시금 새겨보고 그때의 정경이 어떠했을까 하며 고려시대로 몸과 마음을 옮겨놓아 본다. 노년에 인각사에서 늙으신 어머니를 지극히 봉양하면서 삼국유사를 마무리하였으니. 아침에 해가 뜰 때 일연스님의 부도인 보각국사 정조지탑에서 광채가 나와 멀지 않은 곳에 있는 일연스님 어머니의 묘를 비추었다고 하는 효성이 지극한 분이다.

삼국유사의 대가인 정호완 교수님이 여기에 얽힌 여러 가지 꿈 이야기를 버스 안에서 그림으로 해설을 하였다. 현장에 가서 보니 아직도 우리들이 국보와 보물을 잘 보존해야 하는 일이 기다리고 있음을 느꼈다. 그래도 극락전 복원을 하고 있는 것에서 복구사업이 진행되고 있음에 안도감이 생겼다. 기린의 뿔을 절 입구의 바위에 얹었다고 하여 인각사라고 명명한 것을 알게 되어 의문이 풀렸다. 아는 만큼 보인다고 하지 않았던가.

단군신화를 최초로 기록하고, 문화와 사상, 불교관계 등 민족의 귀중한 유산을 집대성한 역사서 이상의 가치가 있는, 민족의 정서를 담은 홍익인간 사상을 위해 집필했다는 삼국유사의 집필동기를 알게 되면서 그동안 모르고 지냈던 무지함이 없어졌다.

그 당시 보각국사 비명도 불타버리고 마을사람들이 화약, 죽창을 만든다는 정보를 알아내어 불 질러버렸던 임진왜란의 상흔의 현장이 마음을 쓰리게도 했다. 마당에는 임진왜란 때 화재가 나 불에 그슬렸던 사각형의 돌들이 번호를 달고 역사의 증명이라도 하려는 듯 나란히 정리되어 있었다.

팔공산의 지맥을 받아들여 일연선사가 이곳에서 명상을 했던 것을 생각하며 깎아지른 듯한 50미터 높이의 절벽이 있는 위천의 학소대 모래사장에 앉았다. 잠시 바람 소리, 물소리, 부모님 생각 등에 대하여 명상을 했다. 지금 모든 것을 잊고 잠시 몰아의 경지는 아니지만 명상으로 마음을 차분하게 가라앉혔다. 끝나고 "일출봉에 해 뜨거든 날 불러주오…" 노래도 부르면서 그때를 더욱 그려 보았다. 우리 가곡을 부르면서 마음을 모아보니 그때로 가 있는 것 같기도 했다. 문학기행에서 처음 접하는 명상이 여유로움의 주체가 되기도 해서 다른 곳에서도 해봐야겠다고 생각했다.

일연선사 생애관에서 본 일명 주전자라는 정병, 호랑이의 눈같이 옆으로 길게 나 있는 눈꼬리로 사물을 직시하고 소같이 느린 걸음으로 사색을 하는 그분의 사진을 보고 근엄한 자태에 머리가 숙여졌다.

개인적으로 부계리에 있는 삼존석굴은 매우 가보고 싶었던 곳이었다. 자연동굴로서 암벽 안에 있는 화강암 석굴인 삼존석굴은 본존 보살과 좌우 협시보살이 자리하여 있으면서 팔공산의 동봉과 정기를 받아서 중생을 보살핀다고 한다. 경주 불국사보다 1세기나 앞선다는 삼존석굴을 이제 와서 보다니…. 하나보다는 삼존이라는 숫자가 주는 안정미가 있었다. 삼존석불이 내려다보는 절마당의 한쪽에는 튤립나무의 정갈스러운 낙엽들이 노랗게 속살거리고 있었다.

삼국유사에 대한 사행시를 읊는 답사자 몇 분에게는 일연선사처럼 국가의 미래를 염려하는 마음들이 녹아있는 것 같았다. 문화유산에 대한 식견과 관심이 있는 분들이 참여한 데다 더불어 정 교수님의 명상과 노래와 품격 있는 해설로 더욱 의미 깊은 문학기행으로 남았다.

즐겁던 한 시절 자취 없이 가버리고
시름에 묻힌 몸이 덧없이 늙었세라
함께 밥 짓는 동안 더 기다려 무엇 하리
인간사 꿈결인 줄 내 이제 알았노라

일연 스님 시비는 우리네 삶이 꿈결 같음을 다시 한번 상기시켜 주었다.

어릴 적에 배운 삼국유사에 대해 아는 바가 거의 없어 마침 이런 강좌는 호기심을 끄집어내기도 했다.

오늘 남부도서관 문학기행에 참여한 회원들은 삼국유사에 대한 이야기를 한 아름 안고 간다. "무엇인가를 공부하는 것이 젊고 아름다워지는 길이다."라는 괴테의 말씀을 실천하는 그들은 삼국유사를 배우는 프로그램에 더 많이 참여하여서 앞으로 알림이 역할을 해보겠다는 의지를 가슴에 담고 돌아온다. 서쪽 하늘에 석양이 등을 두드려준다.

화본역 앞에 있는 아주 큰 책 앞에서 삼국유사에 나온 효선 5편을 직접 들으면서 문학기행의 멋을 한껏 음미한다. 그 책의 면면을 상상하게 그려진 주택들 담장 벽화에는 어느 사이에 새들이 기웃거린다.

이야기해 주고 싶은 우리 신화

　　　　　　　　"까치야, 까치야. 살 같은 시주미 피 같은 공양
미 그만 까먹고 어서 가거라. 훠이, 훠이." 날려 보내고 다시 보
니, 그 많던 벼 껍질이 다 벗겨지고 멍석 가득 하얀 쌀만 남았다.
복의 신인 노가단풍자지명왕아기씨가 까치 덕분에 벼 껍질을 쉽
게 벗겼다.

　한 도시 한 책 읽기 운동 전개 덕분에 우리가 알아야 할 우리
신화를 읽으면서 복의 신이 노가단풍자지명왕아기씨라는 독특한
것을 알게 되었다. 이제 나이가 서서히 들어가니 옛것에 관심을
가지고 싶은 욕구가 스멀스멀 나오던 차에 이 책을 접한 것은 시
기적으로 우리 신화를 읽고자 하는 욕구와 딱 맞아떨어져서 매우
의미 있었다.

　옛날 어른들이 일상에서 바라던 소중한 꿈을 이루고자 빌고 했
던 것이 우리네 이야기라고 생각하니 애착심이 가는 듯했다. 어
릴 적에 어머니께서 장독대에 물 떠놓고 빌기도 하고, 윗방 농짝

위에 조그만 항아리 얹어놓고 모신 것, 동짓날 팥죽을 하여 고수레를 하던 이유를 조금이나마 알 듯했다.

신화를 통하여 알게 된 공통점은 부부로 인연을 맺어 같이 살았지만 아기를 낳지 못하여 용왕님께 물질로나 정심으로나 공덕을 들여서 자식을 낳는 기쁨을 느낀다는 것이다. 살면서 어려운 일이 생길 때면 스님이 나타나서 해결책을 주어 그것대로 정성 들여 빌면 소원이 이루어지고, 또 아이를 낳아도 세쌍둥이가 되는 것에서 신화의 절묘함을 엿볼 수 있었다. 현실생활에서도 하는 일에 배가의 노력과 정성으로 공을 많이 들여야 그제야 무엇이 되는 것처럼 예전부터 우리 조상들은 신에게 정성스럽게 비는 것이 삶의 중요한 부분으로 배어 있었다.

글에 나오는 명사나 형용사의 표현들이 새롭기도 하고 구수하기도 하여 고향의 향수를 자아내기도 하였다. 고뿔, 곳간, 득달같이 등의 단어로 인하여 어머니 아버지가 말씀하시던 제스처가 떠오르기도 하고 부모님의 생전의 모습이 아른거려 한참동안 고향집에서 발걸음이 떨어지지 않기도 했다.

부자이면서 심술궂고 인색한 사마장자가 지은 죄에 대한 것도 익살스럽다. 새끼 밴 개 옆구리 차기, 우는 아기 꼬집어 뜯기, 옹기전에 말 달리기, 비단전에 물총 놓기, 밥상에다 바가지 놓고 식칼 갈아 부뚜막에 놓고, 소여물 안 주고도 주었다고 거짓말하고, 스님이 동냥을 오면 거름흙을 던져주고, 거지가 밥 얻으러 오면 식은 밥덩이에 흙 묻혀서 내던지고….

"아기 낳을 어머님 몸에 피 살려 석 달 열흘, 살 살려 석 달 열흘, 뼈 살려 석 달 열흘, 이렇게 한 지 몇 달 만에 어머님 몸에 늘어진 뼈 당겨 주고 오그라든 뼈 늦춰 주어 순산하게 하여라."라는 옥황상제의 삼신의 법에서는 한 생명의 잉태과정에서 생명의 존귀함을 안 느낄 수가 없었다.

일곱 살 때 하루아침에 외톨이가 된 지장아기가 이집 저집 다니면서 허드렛일을 도와주고 밥 한술 얻어먹고 밤에는 큰 나무 밑에 가랑잎을 깔고 잠을 자고 커다란 부엉이가 내려와 큰 날개로 고이 덮어주는 부분은 마음을 짠하게 하기도 했다. 한겨울이라면 동상이라도 걸릴 법한데 부엉이의 날개가 이불 역할을 해주어 살 수 있는 걸 보면 지장아기가 지성으로 빈 덕택에 액을 막아주고 그 후로는 액막이신으로 받들게 된 연유도 그럴싸하다.

꽃을 좋아하는 나로서는 서천꽃밭에서 생명과 관련된 꽃구경을 하여 이색적이었다. 검은 꽃은 죽은 사람의 뼈를 살리는 뼈살이꽃이고, 샛노란 꽃은 죽은 사람의 살을 살리는 살살이꽃, 새빨간 꽃은 죽은 사람의 피를 살리는 피살이꽃, 새파란 꽃은 죽은 사람의 숨을 살리는 숨살이꽃, 새하얀 꽃은 죽은 사람의 혼을 살리는 혼살이꽃이라는 것이 오래오래 머리에서 자리하고 있을 것 같다. 이런 다섯 가지 색으로 만든 꽃다발을 한 아름 품으면 생전에 그토록이나 꽃을 좋아하던 친정어머니가 환생이 되어 꿈에서라도 만나 뵙고 싶은 마음이 들기도 했다.

작가가 우리 것을 찾아 이야기로 만들어 전파하는 것을 통해 문학적인 성취와 더불어 독자들의 사고 전환에 다소나마 기여가 있을 것으로 감히 이야기드리고 싶다. 조상들의 숨은 공덕이 있었기에 자식이나 손자들이 잘되지 않았을까 하는 것도 깨닫게 되었다.

우리 신화가 무속신앙과 관련이 있는 것을 통해 우리의 간절한 꿈은 끈기를 가지고 정성을 들이면 이루어진다는 신념도 다지게 되었다. 내후년에 생길 손자에게 우리 신화에 대하여 이야기해 줄 것을 그려보니 새롭게 알게 된 신들이 웃으면서 의기양양해하는 듯하다. 이 한 해가 다 가기 전에 우리 신화가 나에게 안겨준 녹신녹신한 쑥 인절미 같은 메시지가 머릿속에 각인되어 내 영혼의 이부자리 구실을 하면 이 겨울도 따뜻하게 지낼 수 있을 것 같다. 나아가서 무속신앙을 터부시했던 내가 새로운 관점으로 보고 이해할 수 있는 생각의 변화를 가져오게 한 점이 무엇보다 나에게 지적 보탬을 준 것이 아닐까. 빨간 열매를 종알종알 매달고 있는 마가목에 까치가 포로롱 날아와 앉으면서 "우리 신화 신기하고 재미있죠!"라고 말을 해주는 것 같다. 복의 신 노가단풍자지명왕아기씨가 가끔씩 우리 집에 들르면 독서를 많이 하는 복을 달라고 빌어봐야겠다.

3부

디딜방아를 디디며

뒤란

오후의 햇살들이 놀러 와서 소곤대는 툇마루가 있다. 진달래도 있어 멀리 담장 너머에서 연분홍빛을 보면 마음이 들뜬다. 시집올 때 수줍은 올케언니가 입었던 한복 색깔과 비슷하다. 여름날이면 노랗게 핀 삼잎국화는 건들건들 키가 큰 시원한 어머님의 얼굴인 양 착각을 하게 한다.

뒤란 구석에는 음력 설날 때가 되면 밀주를 담가 놓은 큰 항아리가 담요 누더기에 덮여 있다. 바람벽에는 단오에 베어 걸어 놓은 약쑥이 향을 뿜어낸다. 얄미운 쥐들은 툇마루 아래를 자주 들락거리며 먹이를 찾기에 분주하다. 우리 가족에게 된장, 간장을 만들어주는 장독대는 시멘트를 발라서 깨끗한 집을 지니게 되었다. 돌각사리에 있던 항아리들이 깨끗한 방에 앉는 호사를 누리네. 장꼬방 앞은 봄볕에 책을 펼치기도 한 편안한 곳이다.

장독대 바로 위에는 복스럽고 정갈한 흰 매화꽃이 청초하게 피기도 하고. 청순한 꽃이 어우러진 장독대와 뒤란은 조화로운 풍경화를 그려내었다. 그런 매화나무를 아버지에게 부탁하여 캐 달라고 하였다. 원통에서 근무할 때 식목일쯤에 가져다가 간호장교 숙소 정원에 심어 놓는 애정을 쏟았었지. 얼마 후에 그 병원을 새로 지을 때 제일 먼저 매화나무를 옮겨다 심었다는 소식을 듣고서 언젠가 한 번은 그곳을 갈 수 있으려나 생각했다. 애틋한 정성을 쏟은 그 매화나무 앞에서 많은 세월의 그리움을 토해내고 싶다.

매화꽃이 지고 나면 오래된 앵두나무의 꽃망울이 지고 팥알 크기의 앵두가 불그스레해졌다. 앵두는 나날이 볼에 연지를 진하게 발랐다. 10여 일이 채 못 돼도 빨갛게 익어가는 향기가 코끝을 매만지게 했다. 학교에 갔다 오면 으레 앵두나무 밑으로 가곤 했다. 어쩌다가 눈알이 반짝이는 앙큼한 고양이가 보였다. 먼저 와서 떨어진 앵두를 주워 먹고는 안 먹은 척 나를 빤히 지켜보고 있다가 꼬리를 졸래졸래 흔들며 자리를 비켜 주었다.

지난여름 초등학교 동문체육대회를 하고 난 다음 날 아침이었다. 전날 만났던 동창들을 불러내서 친구가 추억의 나래를 엮어 주려고 했다. 마침 영관이네 집에 갔는데 그 집 앞마당 한쪽에는 하얀 앵두가 조록조록 달려 있지 않은가? 지천명이 되고 나서야 하얀 앵두를 처음 보다니…. 친구들은 서로 앵두를 따서 입에 넣기에 바빴다. "언자야 앵두 많이 따 가지고 가." 영관은 수돗가의 양재기에 담겨있는 삶은 머위의 껍질을 벗기면서 반복한다. "이거 너 대구 가져가서 반찬 해 먹어라."라는 친구가 꽤나 믿음직스러웠다. 영석이는 집 앞 채마밭에 심은 이슬 맞은 싱싱한 상추를

숨아 가지고 왔다. 가슴 한쪽에는 고향의 샘물이 따스하게 흐르는 것 같았다. 초등학교 남자 동창들의 마음밭에는 아껴주고 싶은 새싹들이 돋아나는 것이 보이기도 했다.

늦가을이면 김장김치를 담그는 일이 일 년의 갈무리였다. 밥상을 물리고 식구대로 윗방에 모여 앉아 김장을 담글 무생채와 깍두기를 썰었다. 그다음 날 뒤란 툇마루는 김장을 버무리기에 안성맞춤이었다. 가까이 고야나무 밑에는 미리 아버지가 김치 항아리를 묻어 놓았다. 올케언니와 같이 김치 속을 넣었다. 어머니와 동생은 항아리에 차곡차곡 넣었다. 올케언니는 노란 김치 고갱이에 버무린 빨간 속을 넣어서 입에 넣어주기도 했지. 그 맛, 지금도 입에서 군침이 돌게 한다.

항아리 다섯 개가 동그라미를 그리고 있다. 항아리 세 개는 배추김치, 한 항아리는 동치미, 새우젓 독에는 깍두기가 넣어져 있다. 아버지는 그해 추수한 볏짚으로 이엉을 엮어 김치광을 만들었다. 김치 항아리들이 혹독한 한겨울 추위로 인해 동상에 걸릴 것을 염려한 나머지. 한겨울에는 김치가 꽝꽝 얼어붙어 얼음을 깨고 김치를 내어다 썰기도 했다. 매화꽃이 필 때면 김치항아리가 거의 비워진다. 봄바람에 바스락거리는 볏짚도 군 냄새 나는 김치맛과 함께 걷힌다. 어느 사이에 저녁노을이 뒤란에 장꼬방을 넘어간다.

올봄에도 뒤란에 있는 툇마루에 앵두들이 붉은 볼을 내밀고 기다리고 있다네!

아버지의 둠벙에는

　　　　　　　살갗을 감싸는 포근한 바람이 내 몸을 파고든
다. 솔가지가 삐죽 삐져나오고 진흙으로 다져진 섶 다리를 건넌
다. 개울가에는 천궁과 보랏빛 물봉선 잎사귀가 햇볕을 받아 생
글거린다. 초저녁에는 반딧불을 잡느라고 입으로는 '삑삑' 소리
를 내고 손뼉을 쳐댄다. 아버지는 산골에서 이사를 나와 그 이후
땀 흘려 모은 돈으로 작은골 다랑논을 장만했다.

　다랑논 위에는 작은 둠벙이 있다. 물자라와 물방개가 웅덩이
안에서 유유자적 헤엄쳐 논다. 누군가의 무덤이 군데군데 있는
야산이 밭두둑 옆에 있다. 다랑논에서 일하던 아버지에게 밥을
담은 광주리에 중참을 이고 가는 어머니를 따라 물주전자를 들고
갔었다. 하얀 찔레꽃이 핀 찔레대궁도 꺾어 먹고 국수대궁도 먹
어 입 안이 향긋하다.

　고향 작은골에 아른거리던 산길은 그 어떤 새로운 일이 기다리
고 있을 것만 같아 설렘에 빠져들곤 했다. 천수답이라서 그나마

그 둠벙이 있었기에 어지간한 가뭄 정도에 논물은 걱정이 덜 되었다. 그 어느 해 모내기를 하고 나서였다. 낮이나 밤이나 하늘만 쳐다보고 비가 오기만을 기다리는 아버지는 가슴이 까맣게 타들어 갔다. 매일 아침이면 논배미를 보고 한숨짓던 아버지는 둠벙에서 물길을 내었다. 목이 말라 어쩔 줄 모르는 논에 생명수를 주었다. 그것은 아버지에게 애인만큼 소중한 것이었다.

그것은 연못처럼 크지도 않았다. 사람들 눈에 잘 띄지도 않는 곳에 있어 외로워 보였다. 어수룩해도 둠벙은 누군가에게 도움이 되어 주는 말 없는 힘을 가지고 있다. 나의 마음 한쪽에도 두루뭉술하게 생긴 그것을 하나 만들어 보아야지. 둠벙 안에 고인 물이 주변에 보탬이 된다. 일상생활이 고인 물 같지만 그 물 안에서도 작은 아름다움이 때로는 만들어진다. 둠벙처럼 나는 누군가에게 필요할 때에 도움 주는 역할을 한 적이 있나, 지금은 주는가? 삶이 무거워 등짐을 진 사람에게 다가가 그 짐을 받아 내려놓아 주련다. 옆에 앉아서 미소 지으며 눈빛을 반짝이는 마음에 포근하게 다가가고 싶다.

그곳에서 산란을 마친 개구리들은 산으로 보금자리를 찾아 펄쩍펄쩍 뛰어간다. 타원형인 둠벙은 초봄이 되면 들에 파릇파릇하게 단장을 하는 밑거름과 같은 것이다. 진흙이 많고 침수식물이 자라는 데 안성맞춤이다.

봄이 되면 아버지는 중의적삼을 무릎까지 걷어 올리고 겨우내 굳어져 있던 둠벙에 들어가 흙을 퍼 올려놓았다. 거기에 사는 곤충들이 황토물에서 봄을 맞았다. 물오른 연둣빛 수양버드나무 잎이 수더분하게 드리워져 둠벙과 어우렁더우렁 지냈다.

오로지 논이라고는 다랑논에서 우리 집 여덟 식구들의 식량을 만들어내곤 했다. 여름에는 주로 밀가루 손국수에다 고구마, 옥수수를 쪄 먹곤 하는 때가 하루걸러 있었다. 이른 나이에 시집온 올케언니가 저녁마다 국수 반죽을 하는 것이 싫증이 날 정도였으니까.

아버지는 "이랴, 이랴." 하고 소를 몰아 논을 갈고 써레질을 했다. "이랴, 어서 가자." 하는 추임새로 게으름 부리는 황소를 채찍질했다. 양손에 묻은 진흙을 부쉬 내 버리고 새참을 먹는 아버지, 질경이를 캐서 삶아 들기름에 싹싹 볶아 먹으며 달착지근한 맛을 느끼던 어머니와 나. 긴 머리 한 갈래로 땋아서 지내던 추억 몇 장이 논배미에 널브러져 있었다.

봄날 뻐꾸기 소리가 구성지게 작은골에 울려 퍼졌다. 화답하는 메아리 소리가 아버지의 허리춤을 한번 매만지며 허리를 곧게 펴게 했다. 개골개골 개구리의 울음은 어머니의 눈가에 방울방울 웃음을 만들었다.

뻐꾹새가 울 때는 요즈음도 작은골의 풍경이 소나무 사이로 아른거린다. 해마다 따가운 봄볕을 온몸으로 맞으며 다랑논에서 써레질을 하고 나래로 골라서 노글노글하게 논바닥을 삶고 있던 아버지의 모습이 선연하다. 아버지의 유골은 작은골 중턱에 묻혀서 다랑논을 내려다보고 있다. 멧새들이 포로롱 둠벙 위를 사뿐히 건너간다. 그 웅덩이 안에 물방개가 산새의 그림자를 따라 동그라미를 그리며 헤엄을 쳐댄다.

뒤꾸레이 우물가에서

  "빨리빨리" 하면서 마구잡이로 재촉을 한다. 서둘렀던 지난날을 생각하면 웃음부터 나온다. '우물가에서 숭늉 찾기'에서 '우물가에서 샘물 찾기'로 바꾸고 싶다. 둥글둥글한 원을 그리는 삶은 그 안에 넉넉한 사랑이 담겨 있는데 그것이 내게서 잘 이루어지는 날이 되기를 마음을 모은다.

  예전부터 우리 마을을 뒤꾸레이라고 불렀다. 앞산에 짙푸른 소나무 숲 아래로 핀 진달래를 따 먹으러 가려고 하면 문둥이한테 잡혀간다고 겁을 주곤 했다. 이른 봄에 손등을 아리게 하는 샛바람도 아랑곳하지 않고 냉이를 캐러 들녘을 싸돌아다녔다. 철이 없던 시절을 간직하고서 나이 들어가면서 꺼내 보니 그 또한 지루한 삶에 작은 활력을 불어넣는다. 사람들은 추억을 먹고 산다고 하잖던가.

  닭장 옆 화단에는 봄여름이면 꽃들이 새록새록 피어나서 서로의 자태를 뽐내곤 한다. 둥글고 복스런 달리아, 백일홍이며 맨드라미, 봉선화, 백합화, 채송화 등이 피었다. 풍접초꽃이 피면 새가 날개를 쫙 편 것 같다. 지금도 드물게 눈에 뜨이는 꽃이다. 겨울을 빼놓고는 갖가지의 꽃을 많이 심었던 것은 엄마의 취향이기도 하였다. 엄마의 남다른 꽃샘 때문에 우리 집에는 아버지꽃, 엄마꽃, 큰오빠꽃, 작은오빠꽃, 우리 3형제 꽃들이 봄부터 가을까지 우리 집을 꽃을 사랑하는 집으로 생각하게 해 주었다.

해마다 겨울이면 안방 선반에는 선인장 화분들이 우리 가족에게 연둣빛 봄을 기다리게 했다. 여름에는 여주를 심어 작은오빠 방 툇마루 앞에다 넝쿨이 올라가게 하여 햇볕을 가려주기도 했었다.

울타리 밖을 나가면 둥그러니 아담한 우물이 우리 식구들을 맞는다. 엄마는 늦은 봄이면 주홍빛의 잘 익은 살구를 따서 술을 빚었다. 겨울에 외갓집 오춘 아재가 왔을 때는 반가움에 살구 술 한 잔 건네면서 웃음을 지었다.

여름날 큰올케는 칼국수를 끓여 담은 양푼을 우물물에 배 띄워 식혔다. 아담하게 돌을 쌓은 우물 뒤쪽에는 나지막한 이끼들이 바싹 달라붙어 있다. 작은골 들녘에 조팝나무 흰 꽃들이 피고 있을 무렵, 엄마와 나는 제법 커서 어우러진 개나리를 캐다가 우물 위쪽으로 심었다. 울타리 안에 있는 고야나무는 가지가 담 밖으로 늘어져 빨갛게 익고 새벽녘이 되면 고야가 살짝 떨어졌다.

우물 한쪽으로는 물을 떠서 버릴 수 있는 작은 도랑이 나 있다. 도랑가 옆에는 퐁퐁 모래가 솟아나고, 샘물에는 오이김치를 꺼내다가 흘린 고춧가루가 떠 있었다. 회색빛 숫돌에 아버지는 담배

한 대 물고 낫을 갈았다. 그 농익은 햇볕을 등때기로 맞으며 논두렁에 난 풀을 깎았다. 차면 넘치는 우물물도 물꼬를 내어 나가게 하는데, 우리 삶에서 사람들은 가슴을 아리게 하는 그 무거운 상처덩이들을 물꼬를 내어 흘려보내질 못하고 그냥 가슴에 넣은 채 일그러진 표정을 한다. 말 한마디에도 이마를 찌푸리고 화내고 미워하는 밴댕이 속을 그대로 드러내면서 살다니! 우리 마음에 작은 물꼬 하나 정도 터놓고 살아가는 것도 괜찮을 법하지 않은가.

아버지는 할아버지 방 아궁이에 떡갈나무 가지와 소나무 가지로 불을 지폈다. 군불로 겨울 방을 따끈하게 하면 할아버지는 멍석을 짜고 그 옆에서 나는 책을 보곤 했다. 중학교 다닐 때에 저녁밥을 지으면서까지도 아궁이 앞에서 한 손에는 영어단어장을 들고 외웠다.

우물가 옆에는 겨우내 얼은 땅에서 뾰족이 나온 질경이들이 졸래졸래 사람들을 보고 웃기도 한다. 그 옆 밭둑에는 돌나물이 별 모양으로 조금씩 몸체를 불린다. 얼마만큼 자라면 돌나물김치로 봄날 밥상에 오르기도 했었다. 매년 봄이 되면 그런 그 김치가 생각나서 꼭 김치를 해서 그 고향의 맛을 꺼내 먹어보기도 하면서 사는 작은 재미가 기운을 돋워준다.

초여름이 되면 우산처럼 생긴 머위 잎사귀가 기세를 넓힌다. 해마다 뜯어먹어도 번지고 번져서 그 줄기를 삶아 조려 먹는 쌉쌀한 맛과 함께 여름은 이어져 간다. 어릴 때 먹어 본 머위나물은 웰빙식품에서 우선순위에 머물러 있다.

생명을 다한 퉁퉁 불은 지렁이가 우물 바닥에 가라앉아 있다. 우물 안쪽 돌 틈 사이로 이끼가 끼어 며칠 지나면 바닷속 풍경을 자아낸다. 그래도 며칠은 그 우물물을 먹을 수밖에. 일손이 없는 날을 받아 우물을 청소한다. 치마폭을 허리춤에 매고 양동이로 물을 계속 퍼낸다. 그 바닥에 수세미로 돌이끼를 박박 닦아댄다. 그렇게 반나절을 청소하고 나면 바닥에서 샘물이 서서히 고인다.

뒷집의 원덕이 엄마는 똬리를 받쳐 물동이를 이고 간다. 헌칠한 아줌마의 뒷모습과 저 건넛집의 저녁연기가 술술 피어난다. 초저녁 우물 속에는 보름달이 밝다. 구름이 흘러가고 파란 바람이 부는 그런 하늘에서 별들이 하나둘씩 밤길 마중을 나온다. 텃밭 옆 논에는 참새 두세 마리가 운동장인 양 달리기를 하다 고야나무 가지에 가서 숨을 고른다. 어머나! 작은 바위 옆에 보라색 꽃을 피울 도라지 잎사귀들이 물오름을 하고 있구먼. 봄 내내 공들이면 여름이 되어 꽃들은 참새소리 들으면서 피어나겠지.

개울물 촐랑촐랑 내려가는 소리는 노을 져 오는 저녁에도 그치질 않는다. 그 개나리가 올봄에도 우물가를 샛노랗게 물들여 엄마의 보고픔을 뿜어내고 있겠지. 마음에 살구나무 한 그루를 심어 매년 고향의 우물가 살구를 한입 가득 넣으련다. 한여름 철에 고추밭 매고 내려와 우물물 한 바가지 떠서 벌컥벌컥 들이켜던 그을린 어머니가 그립다. 요즘도 살구가 나올 6월이면 잘 익은 그것의 달콤함을 맛보면서 하루를 행복하게 보낸다.

우물 위로 뒷동산에 올라가 무덤 앞에서 소꿉장난하던 아스라함. 아스팔트를 지나가는 속초행 버스에는 누가 타고 가려나. 멍석딸기를 보니 입 안에서는 침이 돌아 입맛이 다셔진다. 봄이면 덤불의 노란색 개나리꽃에 참새가 둘러앉아 우리 집 모녀간의 정담을 엿듣는다. 꽃구름은 하염없이 우리 우물 위에서 오며 가며 노닌다.

고향의 아련한 정경은 그려 볼수록 새록새록 가슴에서 다시 피어오른다.

알밤을 그린다

　　　　　밤은 신비스럽다. 내일 아침이 기다려질 때는 밤 시간은 유난히 길다. 적막의 가림막을 들추고 눈을 비비면서 설레는 마음은 어느 사이에 앞마당에 나와 있다. 갓 부화한 알처럼 반들반들 윤기가 나는 진고동색의 알밤이 잠자는 사이에 내려와서 아이들을 기다리고 있지 않던가. 나는 누구에게 선물을 줄까 하고 말이다.

　뚝방 아래 개울에 내려가서 개울물 속의 작은 돌멩이들과 속삭여본다. 개울물 안에서도 밤사이에 내려온 알밤은 누군가를 기다리는 듯해서 반갑다. 먼저 본 사람이 선물을 받은 것이라고 하면서 아주 기쁜 마음으로 손을 담근다. 어린 시절 고향집은 이제 와 그려보니 전원주택이다. 울타리 안에는 겨울을 지낸 볏짚으로 엮어 만든 김치광 위에 진달래꽃이 피고 나면 앵두나무, 고야나무의 꽃도 핀다. 먼저 앵두나무가 꽃을 피우면 앵두를 맺어 익어간다. 여름철에 고야나무는 또 빨갛게 익은 작은 고야를 떨어트려

놓기도 하고 나무에 맺혀있는 것은 정겹기도 하다. 큰 마당 한쪽에는 밤나무 두세 그루가 우리 집의 풍경을 그럴싸하게 그려보게 한다. 그 알밤을 줍는 게 그 시절에는 무엇보다 재미있었다.

대학에 다닐 때 가을이 익어가는 무렵, 부모님이 정성스레 주워 모은 알밤을 화물로 보내온 적이 있다. 밤 상자를 열어보니 작은 구더기가 스물거려서 화들짝 놀랐었다. 밤은 어딘가에 있어도 누군가에게 먹이가 되고 있는 것도 신기하다. 인생도 가을이 되면 추수하고 거둬들여서 노년이 좀 더 여유로운 휴식기가 되면 좋으련만. 나무는 일 년에 한 번씩 열매를 맺어 떨구어내고 휴식을 한다. 우리 사람들은 겨울이 되어도 일을 해야 되고 자연만도 못하게 살아간다는 생각이 들었다. 밤이 열매를 우리에게 안겨주듯이 중년을 살아가면서 나는 이제까지 누구에게 알밤 같은 것을 선물로 주었을까 하는 생각을 해 본다.

밤사이 떨어져 얼마 안 된 알밤은 일찍 일어나는 사람만이 주워 모을 수 있다. 일찍 일어나는 사람이 아니더라도 먼저 주워서 줄 수 있는 그런 사람이 많으면 좀 더 살만한 세상이 되지 않으려나. 후두둑 떨어지는 밤알은 밤나무 근처에 서 있는 굴참나무 낙엽 사이로 숨어 들어가기도 한다. 막대기를 하나 가져다가 낙엽 사이를 헤집어서 알밤을 찾는 재미도 보물찾기와 흡사하게 느껴진다. 어떤 굵은 알밤은 옆에 나무둥치를 후려치고 떨어진다. 그 소리를 듣고 지나가던 사람이 발길을 돌려 머무르게 한다. 내 옆에 오는 사람에게 선물 하나 주워 보내는 밤나무의 마음이 남다르다.

집에 손님이 왔다 가면 무언가를 들려 보내려고 하는 사람들의 마음도 아름답다. 어떤 아줌마는 택배아저씨가 왔다 갈 때 요구르트 한 병이라도 먹고 가라고 건네준다고 하는데 그 마음을 닮고 싶었다. 배려가 바로 이런 것 아닐까. 최근에 법원등기를 기다리고 있던 차에 우체국 아저씨한테 "사람이 집에 있는데도 현관문 벨도 안 눌러보고 그냥 갔다."고 따지는 듯이 말을 한 적이 있었다. 그때 공손한 말로 "집에 있으니 갖다 주면 안 되냐?"고 수정해서 말을 하면서 약간 성을 내는 것을 듣고 기분이 매우 언짢았다. 자꾸 곱씹어 생각하니 내 입장만 생각하고 갑질을 한 것 아닌가 해서 마음을 숨기고 싶었다. 그다음에 그 아저씨가 어떤 말을 해도 순순히 "알았어요."라고 말을 끝내고 말았다. 우리들 삶에 작지만 소중한 부분을 도와주는 사람을 왜 그렇게 매몰차게만 대하고 있을까. 밤나무처럼 내 가까이 오는 사람, 특히 택배 아저씨나 우편배달 아저씨 등에게 선물을 드리지는 못할망정 "수고하십니다."라는 말은 그런대로 하는 편이다. 더 나아가 시원한 냉수 한 컵, 음료수 한 컵 정도 마시라고 하면 더 좋을 듯싶다.

더 따뜻한 봄날이 오고 있다. 봄날의 햇볕처럼 살고 싶다. 바로 가까이에 오는 분에게 작은 마음의 선물이라도 주는 것도 나의 행복이리라. 그런 늦은 봄밤에 밤꽃 향기가 흐드러지게 피어나는 그 밤나무 아래에서 가을에 안겨 줄 알밤을 그린다.

지게의 바작

　　　　　　청남색과 녹색의 몸과 눈을 가진 물잠자리가 뱅뱅 맴을 돌다가 보랏빛 물봉선 위에 살포시 앉아 낮잠을 자는 듯했다. 바로 옆에 있는 섶 다리 위로는 빨간색 고추잠자리가 휘익 돌아 나와 하얀 도라지꽃이 피어있는 철조망에 가 이리저리 앉을 자리를 찾았다. 돼지감자를 캐서 바작에 넣어가지고 지게를 지고 대문간을 들어오는 아버지의 중우 자락 아래 발목에는 누런 진흙이 묻어 있었다.

　아침 일찍 전화를 받았다. 둘째 여동생에게서. "언니, 휴가는 안 가요?" "그래, 가야 되는데." 하면서 어정쩡하게 대답한다. "그래, 매년 너도 8월 15일경에는 휴가를 받지?" 큰언니로서 동생들과 같이 여태까지 이 여름에 휴가 한번 같이 못 가고 사는 내 모습이 영 마땅치가 않다. 멀리 떨어져 있다는 핑계 하나만으로 형제간에 명절 때 잠깐씩 만나는 것 이외는 머리 맞대고 두런두런 이야기하는 시간이 겨우 한 번 있었다. 더듬어 보니 몇 년 전에 포천

산정호수에서 오빠와 올케, 동생들이 모여 형제애를 나누었던 추억이 그려진다.

큰오빠는 어머니 아버지 묘가 있는 작은골 산에 골프장이 들어서는 것으로 인해 몇 년 전 묘를 서석으로 이장해서 납골당을 만들어 놓았다. 그곳에 가봐야 된다는 생각을 머리에 이고 있는 것을 내려놓기라도 해야 되기에 이때 동생들과 시간을 모으면 되겠지 하는 마음을 모았다.

조금 지나 큰동생이 전화가 왔다. 약속이나 한 듯이 올여름에는 우정 이장된 엄마, 아버지 산소에 꼭 가봐야겠다는 생각이 같았다.

바작이란 농기구의 하나로 지게에 짐을 얹기 좋게 하려고 만든 것이다. 신우대나 싸릿대로 노끈, 칡덩굴, 새끼 등으로 엮어서 만든다. 두엄이나 거름, 재 등을 나를 때 지게에 부착하여 사용한다. 나무를 해올 때 큰 물건은 지게에 바로 져 오지만 작은 감자, 익은 빨간 고추, 고구마 등은 그것이 있어야 운반이 가능하다. 그것도 두 개 정도는 돼야 한다. 두엄, 재 등을 밭에 가져가는 것과 밭에서 농사지은 채소나 과일을 나르는 것이 필요하다.

그런 부착물에 오이를 넣어 지게를 지고 논두렁길을 지나 리어카에 실어 시장에 내다 팔아 학비도 챙겨 주었다. 큰골 참외밭에서 개구리참외를 그것에 넣어 지고 왔다는 큰오빠. 그것 덕분에 과일, 식량 등을 잘 운반하여 오늘날 이렇게 우리 형제들이 건강하게 살고 있는 것이 아닌가 하면서 아버지의 지게, 그것을 회상해 본다.

어린 시절 아버지는 칡 향기가 사위어진 후 무성한 칡덩굴을 베어 왔다. 가지런히 하여 다발을 묶어서 개울물 안에 돌로 눌러 놓았다. 얼마가 지난 후 그 덩굴을 꺼내서 껍질을 벗겼다. 껍질은 싸릿대를 엮을 때 사용하기도 하고 콩다리를 엮어 콩을 심을 때 옆구리에 차면 아주 편리하였다.

아버지가 틈을 내서 손수 엮어 주신 삼태기, 바작이 있는 지게, 칡으로 엮은 콩다래끼, 짚신 한 켤레가 우리 집의 현관에 있다. 들락날락할 때 그것이 눈과 마주치면 그 시절 아버지의 마음과 자태를 그려보게 된다.

그것이 있어 지게의 짐이 밖으로 빠져나가지 않듯이 나는 동생들의 그것이 되어 그들의 삶에 조금이나마 행복을 더하기 하는 것이 바람이다. 인생에서도 형제간에 언니는 동생에게 바작이 되고 동생은 언니에게 그것이 되면 그 삶의 향기는 더욱 짙은 향으로 멀리까지 번져나가지 않을까?

이번 휴가에 우리 딸 삼형제가 모이면 동생들에게 "너희들에게 내가 좀 더 쓸모 있는 부착물의 역할을 하지 못해 미안하구나, 앞으로 좀 더 제대로 쓰이는 바작이 되마." 말하련다.

소낙비는 오지요
바작에 풀은 허물어지지요 설사는 났지요.
허리끈은 안 풀어지지요,
들판에 사람들은 많지요

라는 시 구절이 푸르른 여름에 의미 깊은 감동을 준다.

뒷산에서 동무하던 뻐꾹새의 뻐꾹뻐꾹 울음소리도 슬슬 사라
진다. 툇마루에 길고 긴 여름 해가 기운다! 둥그스름한 수박이 넣
어져 있는 지게를 진 그분이 밭떼기 한쪽에서 지게 작대기를 떼
고 한발 두발 발걸음을 옮긴다. 고추잠자리가 바작 한쪽 귀퉁이
에 앉아 같이 따라오고 있다.

디딜방아를 디디며

집 가까이 공원이 많이 있다. 월곡역사공원 한 쪽에는 디딜방아, 탈곡기가 색이 바랜 모습을 드러내고 있다. 수목이 어우러진 아름다운 그 공원에 가서 자연과 하나가 돼 보곤 한다. 디딜방아 앞에 가서는 발이 멈춘다. 지금도 어머니와 올케를 만나 디딜방아를 디디고 싶어진다. 소탈하게 웃던 어머니의 웃음 띤 얼굴도 디딜방아 앞에 와 있는 듯하다.

한겨울이 지나고 훈훈한 봄바람이 앞가슴을 스친다. 그런 춘삼월이 되면 집집마다 된장, 간장 담그는 준비가 한창이었다. 메주는 자기 몸속에서 진이 나오면서 서로 엉겼다. 겨우내 방 안 가득 역겨운 냄새로 도배를 하기도 한 메주였다.

정성 들여 띄운 딱딱한 메주를 빻는 일이 큰 일거리였다. 큰골에 있는 디딜방아 집으로 갔다. 올케언니와 어머니는 메줏덩이가 담긴 양푼을 하나씩 이고 걸어 올라갔다. 일요일에 맞추어야 내가 거들 수 있었다. 시집온 지 얼마 안 되는 올케언니와 나는 꾀부리지 않고 빨리 찧었다. 남들은 일요일이 되면 친구들과 어울려 놀러 다니고 할 때인데. 그때는 그런 일이 마뜩지가 않았다.

디딜방아의 끝에는 두 갈래로 된 디딤판이 있다. 디딤판을 밟아 공이를 위로 올린 다음 확에 메줏덩이를 부었다. 올케와 나는 리듬을 맞추어 디딤판을 밟았다. 방아가 잠깐 들린 사이를 틈타 어머니는 손을 넣어 메줏덩이를 뒤집었다. 어머니의 손놀림에서 눈을 떼지 말아야 했다. 한번은 어머니가 큰 소리로 "애야 좀 보고 찧어라, 내 손 다치면 어쩔라고 그러누."라고 나무라셨다. 천장에 매달린 새끼줄을 잡고 발에 한껏 힘을 주어 디딤판을 야무지게 밟았다. 디딜방아가 '쿵덕쿵덕' 소리를 냈다. 방아를 찧기가 싫지만 쉴 수도 없었다. 두 사람의 발이 장단 맞추어 밟아야 되니까. 한참동안 하다 보면 밟았다 들었다 장단이 척척 맞았다. 신바람이 났다. 방앗공이는 '쿵쿵' 하면서 메줏덩이를 잘게 부수어 냈다. 메줏덩어리를 잘게 부수니까 막장을 담글 재료가 되어갔다. 이렇듯 일상생활에서 생기는 근심 걱정도 잘게 부수면 인격이 성숙되는 것 같다는 생각을 했다.

방아채란 방앗공이를 낀 나무를 말한다. 계속 찧다 보면 서서히 방아채가 밀려나온다. 한 번씩 망치로 방아채를 탕탕 쳐서 방앗공이를 조인다. 방앗공이는 방아확 속에 든 곡식을 내리찧는 몽둥이같이 생긴 것이다. 간혹 쇠로 된 방앗공이도 있다. 소나무로 깎아 만든 방앗공이로는 보리, 쌀을 찧는다. 참나무로 다듬은 방앗공이로는 콩, 옥수수 등 주로 딱딱한 것을 찧어 가루를 낸다.

우리 집에 있는 디딜방아는 큰골 집에 있는 것에 비하면 좀 작은 편이었다. 방앗간 우측 옆에는 여름이면 햇감자를 캐다가 저장해 놓은 작은 곳간이 있다. 그 옆에는 큰 은행나무 한 그루의 아기 은행잎 이파리가 나날이 잘 커가고 있다. 옆에는 어머니의 애정이 깃든 꽃밭에서 달리아가 꽃봉오리를 키워간다.

나무로 된 빗장대문 앞에는 마구간이 있고 퀴퀴한 두엄 냄새가 콧잔등을 자꾸 비비게 한다. 쉬파리도 윙윙거리며 왔다 간다. 디딜방아가 있는 선반에는 원통형의 말과 정사각형의 되가 놓여 있다. 어머니는 겨울에 곡식을 한 말 되어서 가져가 돈을 만들어 신발도 고기도 사 오곤 했다. 바람벽에는 키와 삼태기가 걸려 있다. 참외 딸 때 아버지가 둘러메는 주루막도 황토 바람벽을 장식하고 있다.

신라민요의 하나로 방아타령이 있다. 신라 자비왕 때에 매우 가난한 백결선생의 부인은 세모를 맞이하여 집집마다 떡방아 찧는 소리를 듣고 탄식하였다고 한다. 백결선생은 거문고로 떡방아 찧는 소리를 내어 부인을 위로하였다는 지혜로운 고사가 생각났다.

그날 오후가 되어서야 메주방아를 거의 다 찧었다. 어머니는 힘든 것도 마다치 않으셨다. 몽당빗자루를 든 어머니의 손은 재바르게 방아확 주변의 메줏덩이를 쓸어 넣었다. 약 사십년 전에는 찹쌀도 빻아 찰떡도 해먹고, 수수쌀을 빻아 수수부꾸미도 부쳐 먹었다. 지금에는 주문만 하면 떡이 금방 된다. 잔잔한 옛이야기가 엮어졌던 추억을 되새기다 보니 가슴이 따뜻해진다.

공원의 고택 담장 가까이는 구슬 같은 움이 터 오는 박태기나무가 있다. 꽃봉오리가 진분홍 색깔이 나는 진분홍색 밥알을 뭉쳐 놓은 것 같다. 며칠 후 꽃이 피어날 박태기나무와의 만남이 기다려진다. 우람한 기개와 구불구불한 자태를 보이는 소나무들이 행인들의 발걸음을 넌지시 내려다보고 있다. 월곡역사공원에 자주 가보고 싶은 이유를 이제 알았다. 어머니와 올케의 얼굴을 아리따운 색실로 수를 놓을 수 있으니까 말이다. 옆에 있는 꽃잔디들도 흥겨운 듯 웃음을 참지 못해 한들거린다.

소반다듬이를 하며

　　　　　장독대 뒤에 매화의 꽃눈은 지루한 겨울을 이겨내느라고 안간힘을 쓰고 있었다. 검부러기가 있는 콩을 고르는 날을 잡아 어머니와 같이 소반다듬이를 하였다. 노란콩을 두리반 위에 부어 놓았다. 성한 콩은 한쪽으로 밀쳤다가 밑의 그릇으로 내리고, 콩깍지는 골라냈다. 검부러기나 모래알은 별로 많지 않았다. 그것도 일이라고 몸이 뒤틀렸다. 지금에 그런 일을 한다면 추억을 만드는 즐거운 일로 할 수 있을 텐데.

　　내 고향집 밭둑의 고야나무와 뒤란의 돌나물에 애정이 배어 있다. 중고등학교 다닐 때에는 일하기가 마뜩잖았다. 농촌 여름은 풀 한 포기라도 사람의 손길을 기다리곤 했다. 가을 추수 후에 김장김치를 담가 놓으면 마실을 다닐 수 있는 여유가 생겼다.

　　결혼하여 쪼들리는 살림에는 여름이 편리했다. 푸성귀도 흔하고 값은 물론 겨울의 반절이었다. 지금은 심리적으로 변했다. 나는 여름의 뙤약볕을 호박넝쿨만큼 받기도 한다. 땀방울이 흘러내리는 자체를 즐긴다.

소반다듬이란 소반 위에 쌀이나 콩 같은 곡식을 펴 놓고 돌, 모래, 뉘, 검부러기 등의 잡것을 낱낱이 골라내 놓는 일이다. 곡물을 하질에서 상질로 다듬는 작업이다. 5일장이 서는 장날을 기다리는 어머니, 당신은 그 겨울에 소반다듬이질을 한 콩을 한 말씩 광에서 떠 가지고 가서 파셨다. 가용돈을 마련하여 아버지 털신도, 동생 내의도 사오셨다. 내 마음에 벌레 먹은 콩들, 시기, 질투, 미움의 콩들일랑은 소반다듬이를 하련다. 자주 벌레 먹은 콩들은 내던지어 동글동글한 콩들만이 자리하는 성숙한 삶을 이어가야겠다.

어머니는 키가 크고 하체가 긴 편이었다. 게다가 골반이 큰 서양인 같은 체구를 하고 있었다. 어머니의 애바른 삶은 어머니의 생김새에서 풍겨 나오고 있었다. 발이 빠른 어머니는 여름이면 조반 전에 벌써 발바닥에 번열이 난다고 했다. 재빠르게 다니면서 저잣거리를 장만했다.

가을이면 아버지는 새벽 초승달 아래 콩 낟가리를 서너 짐 져왔다. 콩 타작을 하고 나면 어머니는 키 다듬이질을 한두 가마씩 했다. 밤이 이슥해질 때에 어머니는 쩔뚝거리다가 오금을 서서히 폈다.

키 다듬이질을 한 콩도 사람 손이 가는 소반다듬이질을 해야 한다. 기계가 있어 잡티를 고른다면 좋으련만. 정월 대보름에 부럼 깨물려고 튀겨온 강냉이를 한 주먹 입에 넣었다. 많이 고르면 겨울 스웨터 하나 사준다고 하는 엄마의 꼬드김에 해 넘어가는 줄도 몰랐다. 어느 사이에 창호지로 들어오는 햇살이 넘어갔다. 저 건너 친구네 굴뚝에서 연기가 폴폴 올라오고 있었다.

농가에도 살림을 제대로 사는 집은 대개 쌀을 찧어 먹는 기계를 사놓고 있다. 이런 문명의 진보와는 거리가 멀게 친정 작은올케는 올해도 소반다듬이를 하여 콩 서 말을 팔았다고 하면서 검은콩 한 되를 떠 준다. 어머니의 소반다듬이를 이어받은 올케는 양은 쟁반에 콩을 놓고서 이리저리 쟁반을 흔들어 콩 짜가리를 골라내었다고 한다.

콩이 떼 구르듯 굴러 내린다. 오늘 아침 올케가 준 까만콩으로 아침밥을 지었다. 설경설경 콩 씹는 소리에 고향집 아버지가 "그래, 농촌에서 콩만큼 좋은 것이 어디 있는 줄 아냐, 많이 먹거라." 라고 하는 구수한 음성이 들리는 듯하다. 뜰아래 돌 틈에는 노란색 민들레가 봄바람 속에서도 봉우리를 틔우고 있다.

고향집 채마밭에는 몇 년 전에 아름다운 교회가 세워졌다. 마당 한구석에서 집을 지키고 있던 은행나무가 이제는 아름드리가 되어 있다. 우리 가족의 애환이 녹아있는 안방에서는 소반다듬이를 하는 울 엄마의 그때 그 얼굴이 아직도 그림자로 남아있다.

졸졸졸 봇도랑물이 흐른다

　　　　　　연미색 드레스를 입은 수양버들이 저 멀리 뚝방에서 살랑거린다. 쩍쩍 갈라졌던 바닥이 서서히 파란 물을 먹는다. 그 옆 군데군데에서 나물 캐는 아낙들의 등덜미가 들어온다. 겨우내 바람이 날라다 놓은 흙먼지, 나뭇가지들, 담배종이들은 명주바람에 실려 랄라라 나들이 간다고 모두 법석을 떤다.

　꽁꽁 얼어붙었던 개울의 얼음 강판도 스르르 부스러진다. 봄비가 한번 오고 나니 버들가지의 꽃망울이 퉁퉁해진다. 얼음장 깨지는 소리와 개울물이 촬촬 장단을 맞춘다. 봄맞이 노래를 부르는 듯하다. 봇도랑물이 흐르면 그 옆 논두렁에는 여리여리한 꽃다지꽃이 파르르 춤을 춘다. 정겹다. 멀리 갔던 친구가 돌아온 듯하다. 어린 시절 봇도랑가를 지나다니면서 땅속에서 움트는 꿀풀도 캐고 개소시랑개비, 돌미나리, 돌나물을 뜯어다 봄맛을 조물조물 묻혀 먹어 노곤함을 달래곤 했다. 어느 해 여름엔가 짝사랑의 정을 느낀 뚝방 아래에 사는 한 소년이 영어 공부하고 오는 것을 보고 싶어 일부러 도랑에 나가 손을 씻기도 했다. 어쩌다 그 소년이 지나가는 것을 보게 되었을 때는 도랑가에 보랏빛 꿀풀이 살짝 눈을 들어 내 마음을 훔쳐보아 얼굴이 달아오르곤 했다.

올해는 누구네 논으로 들어가 벼 이삭을 키울까 궁리하면서 내려간다. 갈대꽃들이 소복이 쌓여 있던 곳에는 말라빠진 제비쑥의 새순이 뾰족이 모습을 드러낸다. 개울 건넛집의 큰 도랑에서 내려오는 물을 연결하여 봇도랑이 만들어졌다. 마음이 우울할 때는 봇도랑 구실을 하는 이웃 형님한테 가서 수다를 떨면 마음은 따뜻한 햇살을 받은 물처럼 방실방실 흘러간다.

봇도랑물 졸래졸래 흐르는 소리는 우리 삼 형제가 조잘대는 것 같고, 개울물 촬촬 흘러가는 소리는 걸걸한 우리 엄마 웃음같이 화통하다. 폭포수 떨어지는 소리는 작은오빠 같고, 여울물 지는 소리는 우리 아버지 욱하고 내는 소리와 비슷하네. 봄비가 내리면 처마를 타고 여물통 속으로 빗물이 한 방울씩 똑똑 떨어진다. 그 소리가 들릴 때면 도랑물은 잿빛 하늘에 나와서 놀고 있는 듯하다.

딸 삼 형제가 학교에 갔다 돌아올 때에는 햇살에 데워진 도랑물이 손 한번 씻고 가라고 말하는 것 같다. 도랑물에 놀러온 노란 해가 책보를 풀 옆에다 두고 둘러앉아 올챙이들이 꼬물거리는 것을 신기하게 들여다보고 있다. 나는 나는 갈 테야, 올챙이와 놀려고 봇도랑으로 왔다야. 물살이 꽤나 센 봇도랑에서 개구리들이 모여서 합창을 한다. 너희 삼 형제의 노래가 듣고 싶다고 하는 것 같다. 섶 다리를 지나 초저녁에 호롱불 하나 들고 개구리 잡으러

간다. 동생들과 개구리를 잡느라고 초저녁 밤은 발걸음이 고요의 리듬을 탄다. 개굴개굴 저쪽에서는 깨굴깨굴 동시에 개구리 오케스트라 악단이 화음 연습을 한다. 아침이 되면 그것을 손질하여 석쇠에 구워 우리에게 고소함을 입 안 가득히 넣어주시던 아버지의 뚜덕뚜덕한 손등이 그려진다.

해가 점점 길어지고 하지가 가까워 올 때면 청보리는 누런빛으로 다가온다. 뱀딸기가 도랑가 풀숲에서 속속 익어가면서 빨강 얼굴을 드러낸다. 담장 밖으로 나온 앵두나무에는 연분홍 앵두알이 얼굴을 붉힌다. 한두 알 따 먹으면서 입맛을 다시는 아이들 아닌가. 뚝방 뽕나무 옆을 지날 때면 애들이 까맣게 익은 오디를 따 먹으면서 시시덕거린다. 참새들은 언제 왔는지 퍼드덕댄다. 이때 콩을 심으면 새가 오디를 따 먹느라 콩밭을 해치지 않는다고 한다.

작은오빠와 아버지는 도리깨질로 밀 타작을 하는 날에는 밀 이삭을 잿불에 까맣게 그슬렀다. 뜨거워 두 손을 바꿔가며 살살 비비고, 껍질을 후후 불어냈다. 따끈한 밀알을 골라 한 입 씹으면 톡톡 터지는 밀알의 알큰한 맛. 불 가에 모여 앉은 우리 삼 형제의 입 언저리가 거무튀튀했다. 봇도랑으로 달려가서 포근한 엄마 손 같은 내 손으로 동생들 입가를 닦아주곤 했다. 늦가을이면 물이 다 빠져 버린 그곳 바닥을 파 뒤집어 오빠는 미꾸라지를 잡았다. 매운탕을 끓여 여름내 농사일에 땀을 뺀 몸에 영양분을 보충하곤 했다.

저 건너 친구 집에 가려고 겨우내 밟고 다녔던, 논바닥에 물을 대어주는 봇도랑의 역할처럼 삭막한 마음에 촉촉하게 물기를 축여주는 다정함으로 다가갔던 고향친구가 생각난다. 부모님이 나에게 삶의 이치에 대하여 알려주었듯 나는 내 자식에게 논에 물이 들어오듯 봇도랑의 물처럼 제때에 알려주었나! 아마도 난 직장생활 한답시고 자녀에게 봇도랑처럼 충분하게 물을 보내지 못한 것을 이제 자식이 애지중지 손주 기르는 것을 보고서 알게 되다니!

봇도랑가에는 성큼 자란 소리쟁이와 질경이들이 어우렁더우렁 놀면서 누군가와의 만남을 기다린다. 마을 입구 장승보다 더 크게 자란 미루나무는 조잘대며 흘러가는 개울물을 보면서 외로움을 달랜다. 봇도랑물이 졸랑졸랑 흘러갈 때 섶 다리를 건너가서 아버지의 재떨이와 마루를 닦은 걸레를 빤다. 저쪽에서 그 소년은 걸음을 재촉하며 이곳으로 눈을 흘금거린다. 개울물에서는 피라미가 노닌다. 간혹 미꾸라지들이 먹이 다툼을 한 양 흙탕물을 일으킨다. 수양버들 사이로 들어오는 햇살이 속삭인다. 졸졸졸 봇도랑물이 흐른다.

고향집 은행나무

　　　　　　삶은 단순한 감정의 빛깔을 가지고 있는 것이 아니라 자질구레한 빛깔도 갖고 있다. 희망의 봄빛은 연두 색깔로 치장된 논과 들판에 널려 있다. 여름날 작열하는 금빛 아래 은행나무의 잎이 대견하게도 한낮의 열기를 묵묵히 참아내고 있다.

　어린 시절 추억이 담긴 집으로 사부작사부작 건너가서 은행나무에게 말을 걸었다. '어머나, 아주 멋스럽네. 우리 집 은행나무가.' 잘 자란 늠름한 가지들이 비상을 하려는 듯 하늘로 달려가는 모습이다.

　그때 식구들이 옹기종기 두리반에 둘러앉아서 나누던 이야기가 송골송골 은행나무 열매에 영글어 가고 있는 것이었다. 봄이 되면 파릇파릇한 새순으로 기쁨을 날랐다. 가을이면 누렇게 인정스러운 열매로 풍성함을 안기기도 하고.

　동심이 어려 있는 고향집은 몇 년 전에 다른 사람의 보금자리가 되었다. 먼발치에서 보이는 폐가인 안방에는 텔레비전이나 교

회비품들이 얼기설기 넣어져 있다. 오이를 심던 채소밭에는 '아름다운교회'가 저녁 종소리를 울린다. 불심이 있는 터라는 이야기를 들었는데 교회가 들어선 것도 무언가를 위해 기도를 드림에 적절한 환경이 아닐런가. 뒤란의 고야나무 진달래 앵두나무 매화나무는 누구와 함께 어디로 갔는지 마음을 휑하게 한다.

봄에는 뾰족하게 내미는 백합 새싹들이 은행나무 옆에서 아장거리고, 하지쯤에는 분홍 색깔의 원피스를 입은 풍접초꽃들이 앞마당 한쪽에서 발레를 추고 있었지! 늦가을이면 은행열매는 아버지의 손에 구린내를 배게 하고 말이다. 은행나무는 말없이 자기의 할 일을 다 한 양 언제나 우뚝한 모습으로 있으면서 우리 집의 대소사를 참견하곤 했다.

한겨울에 호야를 씻은 검댕 물을 그 나무 옆에 눈더미에다 휙 버리곤 했는데. 울타리 안에 은행나무가 있으면 우환이 잦다는 말도 자주 들었다. 엄마는 겨울이면 골이 아파 머리를 흰 수건으로 싸매고 안방에 누워 앓고 있는 것이 다반사였으니까. 한때는 저 나무가 없어지면 엄마의 머리가 안 아프려니 하는 생각으로 미워지기도 했다.

새 주인은 은행나무로서의 위상이 한껏 드러나게 치장했다. 시멘트 담벼락은 허물었다. 그 나무의 주위가 사방으로 트여 있다. 이제 환갑을 지난 그의 자태가 멋스럽다. 이순을 바라보는 은행나무를 축하해 주는 잔치라도 벌여야 할 것인데. 허리가 구부러진 아버지가 은행 열매를 따서 비료포대에 한가득 부어 넣던 그 광경이 어슴어슴 지나간다.

엄마의 환갑잔치를 하던 어느 가을날이었다. 엄마는 치마허리에 허리띠를 질끈 매고서 덩실덩실 어깨춤을 치면서 눈꼬리에 신명나는 웃음은 입언저리로 모여들었다. 마당 한쪽에 은행나무도 벙글벙글 이파리를 흔들어 댔다.

30여 년 지나면 은행나무가 100세가 될 것을 그려본다. 갈마곡 1리 큰골 잎새 마을의 당산나무로 보호수가 되어 우리 집의 전설을 이어가기를 기대한다. 이 나무에 대한 아름다운 사연을 홍천읍사무소 보호수 담당에게 메일을 보내련다.

오늘 낮은 유달리 파란 가을 하늘이다. 고향집 마당 툇마루에 앉았다. 어스름 달빛이 찾아오기 전 핸드폰 소리에는 소꿉친구 인자의 목소리가 울린다. "어제 큰골 가는 길에 너희 집 은행나무가 얼마나 보기 좋던지 네 생각이 났어!" 인자와 앞뒷집에 살면서 겨울밤이면 호롱불 아래서 동생들과 머리를 맞대고 화투를 치면서 놀았지. 언제나 그 광경은 뇌리에 머물러 있으면서 생생하게 기억되곤 한다. 얼마 지나면 있을 인자네 딸 결혼식에서 인자와 인자 언니를 볼 생각에 그리움이 가득해진다.

어느 해 가을에는 그 나무 밑에 샛노란 포대기를 동그랗게 깔아 놓았다. 그 노란 색깔이 바래기 전에 은행잎을 주워서 그리운 사람에게 편지라도 쓰련다. 한 번씩 우울할 때는 내 가슴에 깔려 있는 노란 은행잎을 헤집으며 개구쟁이처럼 뒹굴어 볼까나?

일찍이 알몸이 된 그 나무를 한참 동안 쳐다본다. 가지 한 줄기 한 마디 마디에서 물오름의 욕구를 분출하고 있다. 여봐란 듯이 추위도 감내하는 나목의 위대함. 자신의 품을 열어놓고 넉넉한 마음으로 어느 누구의 괴로움도 다 들어줄 것 같은 고향집 은행 나무이다. 아침 햇살은 밤새 무서리가 내린 은빛깔 섶 다리 위에 서 반짝반짝 춤을 추어댄다.

그네가 있는 가족 벌초

　　　　　　　　이맘때가 되면 한창 결실을 준비해서 추석 제
사상에 모양을 드러내려는 고향집 앞마당 밤나무가 그립다. 한
줄기의 바람에도 익어가는 여뀌 냄새가 살살 피어오른다. 초가을
의 잘름잘름 저무는 해거름이다. 날아가는 까마귀 떼가 감자알
같은 그림을 남긴다. 꽉 꽉 상공을 지나는 까마귀의 그 울음소리
는 조카들과 부모님 산소에서 모인다는 소식을 알려주는 신호인
것 같다.

　전번 기제삿날에 이번부터는 형제들이 다 모여서 벌초하는 날
을 추석 2주 전으로 잡았다. 그날 꼭 가봐야 되겠다는 마음을 모
아가고 있다. 전날 가야 하룻밤을 묵으며 친정 작은올케와 동생,
조카들과 두런두런 이야기도 나눌 텐데.

　전야제가 치러지는 그들먹한 만찬상이 준비되었다. 큰오빠의
작은아들이 숙모가 생선회 좋아하고 큰고모 생일이 마침 일요일
이라서 겸사겸사 선심을 썼다. 먹을 것이 가득한 밥상에는 조카

의 세심하고 넉넉한 마음씨에 오고 가는 이야기, 웃음꽃이 만발하고 있는 것 같았다. 보는 것만으로도 행복하네! 조카들과 술 한 잔을 건네는 자리가 얼마 만인가!

경사진 밭 옆을 지나온다. 쇠비름들이 반들반들한 잎과 붉은 줄기로 눈 맞춤 하려고 하네. 그 잎 얼굴을 매만지면서 반가움을 말한다. 산소 아래 계곡에는 노랑 물봉선꽃이 피어있지 않은가. 산 입구에 자리한 친정 가족묘이다. 봉분 그 위에는 잣나무가 짙 푸른 색의 옷을 입고 잣송이를 달고 서 있다. 그 옆으로는 중년인 산벚나무가 품새를 드러낸다. 새벽녘 자욱한 안개는 어느새 구름 되어 햇볕을 숨기기도 한다. 따가운 볕이 손등과 얼굴에 와서 같이 벌초를 하니 땀방울이 송글송글 맺힌다. 여덟 살짜리 둘째 조카의 아들도 증조할아버지 벌초를 거든다.

벌초 전에 조상에게 절을 올린다. 돌아가신 어른들이 아들 손주들이 열대엿 명이나 온 것에 희미한 미소를 짓는 듯했다. 봉분에 잡풀을 뜯어내다 보니 눈가로 땀이 들어가곤 한다. 여자들은 야생초들을 모조리 잡아끊는다. 다른 조카도 예초기를 메고 둔덕에서 이리저리 풀을 깎는다. 조카 아들과 나는 거적에다가 베어 놓은 풀을 담아서 둘이 같이 끌어내어 산 한쪽으로 모아 놓는다.

작은 조카는 얼추 풀을 베고는 그네를 매려고 미리 마련한 밧줄을 푼다. 두 조카들이 톱으로 산벚나무를 베고 꺾어내어 다듬는다. 밧줄을 감아올리고 발받침으로는 다듬어 놓은 나무토막 두 동강을 이어댄다. 조카의 아들이 그네에 오른다. 벌초하다가 서로 그네를 타면서 단오날 같은 낭만을 되씹어 본다. 고향집 벌초에서 그네를 타 보는 기쁨도 안겨주다니!

"여기 뱀이 있다!"라고 소리친다. 조카 아들에게 작대기로 잘 들어 올려 보게 한다. 아직 아기 뱀이다. 혓바닥을 날름거리는 것이 둔하게 움직인다. 아기 뱀도 사람의 냄새가 그리웠는가. 어제 초저녁 내내 울어대던 귀뚜라미들이 가까이에서 노래한다. 팥죽이가 퍼뜩 눈앞 풀숲으로 날아온다. 가을 산에 올랐던 어린 시절 방아깨비를 잡아서 "떡방아 찧어 떡 해 먹자." 하고 말하면서 놀지 않았던가.

처음 벌초하러 산소에 간 것이다. 내 부모님을 생각하는 마음이 요즘 들어 더 많아졌다. 아침마다 감사하는 마음을 담아 혼잣말로 인사를 한다. 조카들은 저마다 이쪽저쪽에서 풀을 베어 놓는다. 고향을 지키는 작은올케는 봉분 테두리도 수건으로 깨끗하게 닦는다. 몇 년 전에 유명을 달리한 작은오빠도 이곳에 계시니 더 애틋하지 않을까.

그렇게 꽃을 좋아하던 엄마, 작은오빠! 산소 둔덕 아래에는 노란 뚱딴지꽃들이 무리 지어 피어서 실바람에 하늘거린다. 조카의 아들은 곤충을 실제로 볼 수 있어 재미있어한다. 그 자리에 가보고 직접 해보는 만큼 좋은 체험은 없다. 여동생이 비석 옆에서 "어머!" 하고 냅다 소리를 지른다. 흙을 헤치니 지렁이가 꿈틀거리며 발버둥 친다. "아니야, 지렁이는 좋은 곤충이지. 애야 이리 와서 지렁이를 손으로 만져보렴, 만져도 괜찮아." 조카 둘째 아들이 겁이 나서 주춤하더니 지렁이를 손으로 거머쥔다. 사진기가 어느새 찰칵한다. 땀을 뻘뻘 흘려가며 벌초를 한 시간여가량 한

후 조카들이랑 우리 삼 형제들, 작은올케가 다 마치고 모두 넙죽 절을 올린다. 시원한 맥주를 한 잔씩 들이켜서 목마름을 달래 주었다.

매년 추석 전에 아버지는 양양으로 벌초를 다니곤 하셨다. 더러는 작은아버지와 가다가 별세하고부터는 작은오빠와 같이 다녔다. 아버지가 돌아가신 후로는 작은오빠가 혼자서 힘든 벌초를 해냈다.

묘지에 풀을 깎는 내내 '내가 어디에서 왔으며, 우리 부모님은 또 어디에서 태어나셨으며…'를 깊이 새겨보게 되었다. 벌초가 조상을 섬기는 일인 것은 알지만 그것이 '나를 사랑하는 것' 이라는 새로운 의미를 찾게 되어 매우 뜻깊었다. 그 자리에서 마음 깊이 이 생각 저 생각을 모아 벌초를 하였다. 묘 위에는 갈참나무도 잘 지키고 있고, 가까이에는 주홍색 열매를 맺은 산 오미자가 빨갛게 익어가고 있었다. 산 오미자 열매처럼 벌초를 하면서 내 마음 작은 깨달음의 결실이 생기다니!

이곳으로 가족묘를 이장한 것이 후손을 위해 잘한 것 같다. 아버지 엄마는 우리가 어릴 적 살던 집에서 멀리 쳐다봐도 보임직한 작은골 산에 있었다. 산 한쪽 편달 옆에 골프장이 들어올 예정으로 산소 이전을 해야만 했다. 그때에 큰오빠는 궁리를 모아 서석이라는 곳에 산을 찾았다. 그렇게 하여 양양 홍천에 흩어져 있는 고조부 묘소까지도 다 이전하여 가족 납골당으로 정성을 모았다. 마침 친정 숙부모도 같이 이전했다.

조상의 벌초로 흩어져 살던 형제 조카들이 그곳에 모였다. 그날 자손들이 조상묘소에서 정성스런 손길로 풀을 뜯으면서 정도 나누었지. '백지장도 마주 들면 낫다.' 사람이 많아서 힘도 덜 들고 빨리 끝이 났다. 이런 정겨운 추억은 앞으로 살면서 한 번씩 꺼내 보며 힘든 마음에 충전제로 활용하련다.

가까이에 막국수 집으로 줄레줄레 들어간다. "막국수는 오늘 큰고모가 내서 맛있게 먹었어요." 작은조카의 말로 마음을 전한다. 같이 점심을 먹으면서 그동안 뜸했던 정을 나누느라고 시끌벅적하다. 조카들과 올케, 동생들과 산소에서 만남이 처음인 것이 조금은 부끄럽다. 친정 부모님 벌초에도 참석할 줄 알고 이제사 철이 드는가 보네. 마당에 나오니 빨간 고추잠자리들이 맴을 돌며 날아다닌다. 길 건너 아름드리 밤나무에는 밤송이가 토실하게 익어가고 있다. 앞마당 정경이 고향집을 그리게 한다.

덧방나무처럼

　　　　　　사람의 도리를 다하고 살기가 쉽지 않다. 얼마 전에 남편 회갑이었다. 가족 형제들끼리 모여서 식사를 하자고 했으나 마다했다. 결혼도 안 한 자식들에게 폐를 끼친다고 극구 사양을 했다. 기껏 남편 형제들 몇이 모여서 식사와 담소로 조촐한 시간을 보냈다. 사람들은 자기 혼자서 잘나서 사는 것으로 착각을 한다. 가족과 형제가 받쳐주는 울이 얼마나 큰지도 모르고 사는 사람이 어디 그 사람뿐이랴. 순망치한脣亡齒寒, 입술과 이의 관계처럼 결코 끊어서는 안 되는 관계가 가족이다.

　지난날의 삶을 돌이켜보면 철들고 40여 년의 삶이 녹록지가 않다. 아무런 연고가 없는 타지에 와서 사람 하나 만나면서 시작되었다. 인생의 수레바퀴를 끌고 가는 나에게 밀어주는 당신과의 만남이 있어 힘든 삶을 헤쳐 왔지 않은가. 무거운 짐을 지고 가는 삶이 어디 나뿐이랴. 수레를 끌고 밀어주는 우리 부부간에는 "당신이 있어 고맙고 행복해요."라는 말을 하면서 굳어진 어깨근육을 노글노글하게 주물러 주기도 했다.

　남편이나 대개의 사람들이 상대방에게 이렇게 해라, 저렇게 해라 하면서 여태까지 살아오지 않았던가. 내 생각과 남편의 생각이 다른 것이 매우 힘들었다. 그것으로 인하여 "그것은 틀렸어." 라는 말을 부지기수로 들었다. 다른 것이 당연한데도 그것을 깨달은 지가 겨우 몇 년 전이다. 자기가 소중한 존재로 존중받지 못할 때에 상대방도 같이 무시하는 일이 생긴다. 나 역시도 부부가 같이 있을 때를 소중하게 여길 줄 몰랐다. 그저 잘 안 되는 것, 잘 못하는 것만 색안경을 끼고 손에 가시 파내듯이 헤집어 냈다. "너는 왜 그랬어?"라는 비난이 섞인 말을 더러더러 듣고 살았으니. 두 사람이 힘을 합하지는 못할망정 힘을 빠지게 하는 것이 더 많았다. 잘 안 풀리는 일도 협력하고 두 손을 맞대고 궁리하면 서로의 삶에 상승효과가 생기는데 말이다.

　몇 번만 입었던 옷이 싫증 나지만 버리는 것이 아쉬워 옷장을 그대로 차지하고 있다. 멀쩡한 옷을 꺼내서 그 위에다가 궁상스럽게 무언가 덧대어서 새로운 패션 감각을 불어넣었다. 그래 놓고 보니 덧댄 천 조각들로 인하여 또 다른 디자인으로 변신이 되어 작은 것에서 기쁨을 느꼈다.

　덧방나무는 수레의 양쪽 가장자리에 있는 수레바퀴가 빠져나오지 못하도록 굴대를 뚫어 끼운 나무이다. 보거輔車는 수레의 덧방나무와 수레바퀴라는 뜻으로, 서로 도와서 떨어지기 어려운 관계를 말한다. 보거상의輔車相依는 수레의 덧방나무〔輔〕와 바퀴〔車〕가 서로 의지한다는 뜻이다. 순치보거脣齒輔車는 입술과 이, 수레의 덧방나무와 바퀴처럼 따로 떨어지거나 협력하지 않으면 일을 성취하기 어려운 관계를 뜻한다.

과연 남편에게 덧방나무의 역할을 제대로 했는가. 내 딴에는 잘한다고 했지만 남편이 보는 입장에서는 불만스러울 때가 알게 모르게 많았을 것 같다. 이제라도 내 역할을 잘해야지 하는 마음을 먹고 행하면 그전에 못했던 것이 조금은 감해질 것 같기도 하다. 남편이 '가장'이라는 권위로 쇠고집을 피워 얄미울 때가 있을 때에라도.

부부 중에 누군가 한 명이 덧방나무 구실을 든든히 할 때에 그 가정에 웃음의 날개가 담을 넘어 이웃집에도 놀러 갈 듯하다. 살면서 드러내고 싶지 않은 슬픔과 상처 같은 것에 솜같이 보드라운 마음의 천을 덧대면 내 마음도 달래어져서 주변 사람들에게 다가가기가 쉬울 것 같다. 부모 자식 간에도 부모만이 자식을 평생 보호하는 것에서 벗어나고 자식도 온 맘을 다하여 부모에게 효심을 실천하는 것도 덧방나무와 비슷할 것으로 여겨진다. 친정 어머니는 시골에서 담근 김치를 가져올 때에 비닐에 싸고 또 보자기에 싸서 가져오기도 한다. 또 덧버선을 신고 오니 양말이 덜 더러워지고 발이 덜 시리다고 한다.

몇 년 전 아침 일찍 출근하는 길에 자동차 바퀴에서 평소에 듣지 못한 자그마한 달그락거리는 소리가 들렸으나 무시하고 가는 길을 재촉했다. 거슬렸다. 마침 어제 저녁때 자동차 바퀴를 점검했던 것이 떠올라 가까운 정비소를 들어갔다. 아저씨가 자동차 나사 하나가 덜 조여진 것을 알아차리고 잘 조였다. 괜찮을 것이라고 했다. 제대로 조여진 나사 하나가 덧방나무 구실을 했네! 이상한 소리가 빨리 났으니 망정이지 고속도로를 가다가 늦게서야 났으면 하는 생각을 하니 아찔하였다.

　자동차 유리문 밖으로 보이는 파아란 나뭇잎들이 불안했던 마음을 도닥여준다. 이렇게 바쁜 출근길에서도 부지런한 정비소 직원 같은 덧방나무 덕분에 새로운 깨달음으로 시작된다. '혼자서는 살아갈 수가 없지요!'

4부

누군가의 밥이 되는 것

에이즈예방캠페인 봉사를 마치며

지난 12월 1일은 제20회 세계에이즈의 날이었다. 에이즈의 날은 전 세계적으로 증가하는 에이즈의 감염확산을 막고 감염인에 대한 편견과 차별을 해소하기 위하여 1988년 UN에서 제정하였다. 교육현장에서 에이즈 강사로 활동하고 있는 나는 홍보의 중요성을 알기에 매번 협회에서 있는 홍보캠페인이라면 앞뒤 재지 않고 달려 나간다. 이번에는 산타복장을 하고 에이즈예방 전령사로서 활동을 하게 된다니 괜스레 가슴이 두근거린다.

반월당 역사에서 사진전과 함께 간이 상담실을 펼친 우리…. 처음에는 책상 앞에 와서 퀴즈를 풀고 선물도 받아 가라고 부탁을 했으나 '어디 개가 짖느냐.' 하고 쳐다보지도 않고 자기 갈 길 가기가 급급하여 가는 모습이다. 잠시 후에 이곳 지하철 역사라는 장소에 맞는 홍보 전략으로 바꾸어 유인물과 선물을 들고 고객 가까이 다가갔다.

성인남녀들은 바쁘다는 핑계로 유인물을 받지도 않고 외면하며 가는 사람이 대부분이다. 그러기를 몇 번 겪고 나니 그때 내민 손과 마음은 얼마나 썰렁하고 멋쩍던지, '받기 싫으면 그만둬라.' 라고 못마땅한 속내를 중얼거린다. 하지만 정승도 저 하기 싫으면 안 한다던데 하물며 '에이즈에 대해 편견이 높은데 뭐 대수냐.' 하는 마음으로 스스로를 위로할 수밖에.

그래도 뻘�쭘했던 마음을 다시 날려 보내고 양 볼에 웃음을 띠고 당당한 목소리로 "오늘은 세계에이즈 날입니다. 에이즈를 예방하고 감염인에게 관심을 가집시다."라고 홍보지를 가지고 시민들한테 다가가서 건넨다. 오히려 지나가는 어머니 할아버지들이 와서 무엇 하는 곳이냐고 묻는 관심을 보여 에이즈예방 홍보한다고 답을 해주기도 했다. 그렇게 유인물도 외면하는 사람들은 에이즈가 감염이 쉽게 되는 줄, 옆에 같이 있어도 감염되는 줄 아는 사람이 많다.

어떤 젊은이는 일부러 책상 앞에 와 앉아서 퀴즈를 풀었다. 자발적으로 캠페인에 참여하는 마음에 감동을 받았다. 퀴즈를 풀어보니 100점 만점에 90점을 얻어 에이즈에 대한 상식이 풍부했다. 이런 시민들이 많아져서 국민들의 예방의식이 높아졌으면 하는 생각이 들게 했다. 더 나아가 청년 두 명은 본인들이 이런 계통에서 일을 하고 싶다고 물어 대한에이즈예방협회 대구경북지회의 위치를 잘 안내해 주기도 했다.

중요한 것은 에이즈가 고혈압 당뇨병과 같은 만성질환이라는 것이다. HIV 감염인이 되면 의사와 상담하여 약을 복용하고, 식이요법, 적당한 휴식으로 건강관리를 잘하여 병의 진행을 더디게 하는 것이 필요하다. 아직도 많은 사람들은 에이즈에 걸리면 죽는다는 편견을 가지고 있다. 조기 발견하여 잘 관리하면 감염인으로 자기 목숨껏 살아갈 수 있는 연구도 있다.

지난해 보도에 의하면 미국인 제니퍼(33세)는 18세에 에이즈에 걸렸으나 잘 관리를 하여 5년 전에 결혼하고 인공수정으로 임신을 하여 분만을 앞두고 있었다. 그 남편도 안전한 부부관계를 하여 에이즈에 걸리지 않았다. 에이즈환자들에게 가능성과 희망을 보여주는 사례이기도 하다.

국내에는 정부, 시민단체, 인권단체 등에서 공익광고와 캠페인으로 에이즈예방 및 감염인의 차별이나 편견 해소를 위해 노력하고 있다. 본 협회도 계속적으로 시민이 모이는 행사에 가서 캠페인을 하여 홍보를 하고 있다. 아직도 국민의 에이즈에 대한 예방의식은 부족한 실정이다. 네덜란드에서는 에이즈환자가 생명보험에 가입할 정도로 분위기가 바뀌고 있다고 하니 우리나라도 적극 캠페인을 하여 그런 날이 오기를 기다려 보아야겠다.

각 지방자치단체에서도 이제는 희귀성난치병환자 돕기의 홍보도 중요하지만 에이즈환자와 감염인에 대한 차별의식 철폐, 인식전환과 아울러 후원을 할 수 있는 사회적인 연결망이 되었으면 한다.

국민들은 에이즈캠페인을 하는 봉사자들의 손길이 부끄럽지 않게 '관심'을 가져주면 좋겠다는 것이 나의 생각이다. 국민이면 누구나 올바른 에이즈예방 방법을 알고 실천하여 건강한 국민으로 살아가는 것이 작지만 큰 소망이다. 캠페인을 끝낼 즈음에 지하철 역사의 환경미화원 아주머니가 버려진 에이즈 홍보물을 들고 온다. 우리 국민 모두에게 다시 한번 새기는 캠페인이길 바라는 마음이었다. 차별과 편견을 넘어 산타로서 활동한 우리들 모두가 의미 있는 시간이었고, 내년에는 좀 더 많은 시민들의 호응을 기대해 본다.

군인 성폭력예방교육 행복해요

　　　　　　　　　　인간의 성은 우주보다도 중요한 것이다. 20대
의 청년들에게 군 생활을 하는 동안은 인생에 대한 가치관을 정
립시키기에 적절한 시기이고 더구나 성에 대한 가치관을 세울 수
있는 매우 적절한 기회인 것 같다. 군 장병들에게는 성인으로 살
아가면서 인간적인 품성을 유지하고 건전한 사회구성원으로 살
수 있도록 하는 존중의 가치관을 재정립하는 시기이기도 하지만
미래사회에서 건전한 경쟁력과 성장을 제고시키는 근원을 형성
하는 중요한 시점이 될 수도 있다.

　2004년 성폭력이 사회문제로 이슈화되면서 성폭력특별법도
제정이 되었다. 그 후 군부대의 성폭력도 국가인권위원회의 조사
결과에서 그 실태가 수면 위로 드러나게 되었고. 군 장병들에게
성폭력예방교육의 필요성을 절실하게 알려야 할 시점이 왔던 것
이다.

　이러한 사회적 여론이 한창이던 2004년 12월 9일 간호사관학

교 출신 퇴역동문들이 의기투합하여 '대한군인성교육협회'를 결성하였다. 군에서 받은 혜택을 퇴역 후에 봉사차원으로 하자는 취지였다. 군부대 장병들의 성교육, 성폭력예방교육에 중점을 두었다. 당시 회원들 중에서 직장생활 매이지 않았던 나는 성폭력예방상담원 교육과 가정폭력상담원 교육을 수료하여 자격을 갖추고 있어서 본격적으로 교육준비를 했다.

막상 부대를 대상으로 교육협조를 구하는 것은 나의 의욕만큼 쉽지 않았다. 어떤 부대는 우리 강사들이 직접 방문까지 했음에도 시큰둥하게 반응했고 대부분 부대로 전화연결을 하면서 무료로 강의를 해준다고 해도 바로 협조가 안 되는 경우가 많았다. 부대의 기본교육훈련 계획이 있어 시간을 내기 어려운 실정도 있음을 이해했다. 수첩에는 처음 전화한 날짜, 다음 전화한 일자 등 순서대로 기록하면서 포기하지 않고 사명감으로 강의 수락을 받느라 빼곡하게 일정을 채워가야만 했다.

보다 적극적인 홍보전략을 구상하던 차에 이듬해 국방일보에 '군인성폭력예방'이라는 칼럼을 써서 게재하게 되었고, 이 홍보전략이 주효했다. 그 기사를 읽고는 당장 그날로 경기도 김포에 있는 모 해병부대에서 강의 제의가 들어와 교육일정을 잡게 되었을 뿐 아니라 많은 부대에서 강의 요청이 이어졌다. 서울지역에 있는 예비 강사 두 명을 참관하게 하여 동시에 강사인력을 확대해 나가기도 했다. 3년째부터는 그간의 교육실적을 바탕으로 당당히 부대로 공문을 보내 공식적으로 교육협조를 할 수 있는 위상을 갖추었다. 애초에 성폭력예방교육에 시큰둥하게 반응했던 부대에서도 예하 대대 단위까지 모두 교육을 실시하는 성과를 올리기도 했다. 이제야 자리를 잡아가는 교육에 탄력이 생겼다.

전라북도 장성, 김해, 강원도 홍천, 충청남도 청주 등 요청하는 부대마다 전국적으로 대중교통을 이용하여 다녀도 그것이 행복했다. 무료로 실시하는 교육으로 내 인생의 공을 쌓는 기회라고 생각하니 어떠한 기쁨과도 바꿀 수가 없지 않을까. 시간과 차비는 많이 들었다. 에어컨도 시원찮은 장소에서 땀을 흘리며 강의를 듣는 젊은 군 장병들과 공감을 나눌 때면 남다른 기운과 보람을 느낄 수 있었다.

나를 필요로 하는 곳에, 특히 군부대에 가서 장병들에게 강의를 하는 것은 전직이 간호장교이었기에 수월하였던 것 같았다. 군부대 지휘관들도 전역 후 사회봉사를 하는 것에 매우 높은 평가를 주기도 했다. 열정적으로 강의를 하고 난 후에 군 장병들이 내 아들의 눈망울같이 밝고 사랑스러워 어깨를 두드려주기도 하고, 악수도 해주면서 군 생활을 격려하기도 했다.

성교육이란 것이 매우 광범위하여 쉽지 않다. 그러나 현역 당시 학교에서 교관과 훈육관의 경험, 행정학 박사학위를 받아 대학교에서 행정학 강의를 했던 경험, 대구생명의전화에서 전화상담을 하는 중에 청소년의 성에 대한 상담이 제법 많아 사례를 통한 강의가 될 수 있었다. 더불어 에이즈예방강사 교육, 성매매예방 교육, 성인지력향상 교육도 수료하여 성폭력예방강사로서 역량을 꾸준히 개발해 나갔던 것이 많은 도움이 되었다.

2010년에는 봉사활동을 하고 있는 대구가정법률상담소 및 대구여성폭력통합상담소에서 '찾아가는 성인지력 향상교육'을 의뢰받아 강사로 추천이 되기도 했다.

군부대 성폭력예방교육을 하고 있을 즈음에 대구시에서도 성폭력예방교육의 필요성을 느끼게 하는 사건이 발생하여서 그 후 대구시 내 초·중·고등학교에 가서 성폭력예방교육 강사로서 활동도 했다. 이미 군성폭력예방강사로서 활동을 했던 지식과 경험으로 준비된 강사의 모습이지 않았을까.

지금도 자원봉사를 몇 군데 하면서 가진 달란트를 나누고 있다. 봉사가 마냥 주는 것만이 아니다. 내 스스로 더욱 내적인 성장을 하고 바르게 실천하는 삶을 살게 해주어 몇 배의 공덕을 쌓는 일이라고 자신 있게 말할 수 있게 되었다. 학교와 군 생활에서 몸에 밴 국가관은 평소에 내면에 항상 자리하고 있어 6년 전부터는 대구시통일교육위원으로 활동하면서 각 학교 교육을 통해 통일 의식 향상에도 기여를 하고 있다.

인간은 성적인 존재임을 부인할 수 없다. 삶을 영위하는 동안에 성적인 노예가 되지 않으려면 성에 대한 올바른 가치관을 정립함은 필수이다. 군 생활을 하는 장병들의 성의식 향상에 기여하고자 퇴역동문들이 주축으로 시작한 교육이 세월이 가면서 그 대상이 군 장병뿐만 아니라 다양한 사회구성원으로 확대되어 그 영향력은 커지고 있다. 이런 교육으로 성숙한 사람들의 의지가 사회를 변화시킬 수 있고 그 근원이 국군간호사관학교였음을 떠올리게 하고 싶다.

무지외반증 덕분에

　　　　　테니스장 양옆에는 벚꽃들이 졸래졸래 피어 있고 한 가닥 갯바람이 불어올 때면 향긋한 매실향을 실어 오곤 했다. 햇볕이 따사로운 봄날에는 짧은 바지에 복장을 갖추어서 입고 캐스트슈즈를 신고 테니스를 쳤다.

　사람은 내가 가지지 못한 것을 다른 사람이 가지고 있으면 그것을 매우 부러워한다. 발이 자그마하고 참하게 생긴 사람을 보면 부럽기도 했다. 어렸을 적에 하얀 고무신을 신은 어머니는 엄지발가락 안쪽 옆이 툭 불거져 신발이 벗겨질 정도였다.

　고등학교를 갓 졸업한 후에 제복에 딸린 하이힐을 신어야 했다. 또 청춘의 멋을 한껏 뿜어내고 싶어 외출 나갈 때면 주로 하이힐을 신고 다녔었던 것이 무지외반증을 생기게 했지 않았나? 병실 라운딩을 할 때면 한 번씩 단화 속의 엄지발가락 위의 툭 불거진 뼈가 욱신거린 적도 있어서 언젠가 수술을 할 것이라고 생각했다. 남편은 미적 감각이 남다르다. 못생긴 엄지발가락만 쳐다

보면 수술하라고 귀가 따갑도록 잔소리를 해댔으니 말이다. 관리자로서 수술을 하고 안정을 취해야 한다는 것이 쉽지 않아 은근한 스트레스 속에서 지냈다.

수술 날을 손꼽아 기다리던 차에 그해 정초가 지나자마자 네 시간에 걸쳐서 전신마취를 하고 양쪽 엄지발가락 수술을 받았다. 뼈 이식까지도 했다. 그야말로 수술 당일 날 저녁에는 뼈를 깎는 아픔으로 진통제 신세를 져도 두 시간이 지나고 나니 다시 수술 부위가 달막거렸다. 이튿날까지는 양쪽 다리가 천근만근이었다.

수술 후의 하루하루는 평소보다 몇 갑절이나 더 소중한 나날이었다. 수술한 부위는 하루만 지나도 많이 나은 것 같다고 느끼니까. 숙소에서 안정을 취하며 간간이 업무 결재와 업무 조언으로 간호부장의 역할을 소홀히 하지 않으려고 했다.

브이아이피 신드롬이 나타나지 않도록 의사 말대로 잘 따라 했다. 수술 후 별 탈이 없었으나 8일째 왼쪽 팔 안쪽으로 신경절을 따라 빨간 좁쌀알 같은 것이 띠를 이루어 나타났다. 따끔거리는 통증은 다른 통증과 달라서 심기가 편치 않았다. 다른 환자들에게서만 보아오던 대상포진으로 한동안 고초를 겪었다.

약 3주가 지난 후 휠체어를 타고서 탁구를 쳤다. 수술받기 전에 점심시간이면 복식탁구를 치면서 깔깔대기도 했잖았나. 일과 후가 되면 테니스를 치면서 "나이스 샷!"을 외치면서 활기를 불어넣기도 했다. 장애인들이 휠체어를 타고 탁구를 치는 기쁨을 알게 되면서 운동은 누구나를 막론하고 에너지를 불어넣곤 하는 것을 새삼 알게 한 시간이었다. 운동을 하는 사람들이 땀 흘리고 나면 상쾌한 기분을 느끼는 것을 휠체어를 타고서도 맛보다니.

발가락의 형태는 엄지발가락이 둘째 발가락 길이보다 2밀리미터 이상 긴 이집트인 타입이 가장 많다. 엄지와 둘째 발가락의 길이가 같은 스퀘어타입이 그다음이고 둘째 발가락이 엄지발가락보다 2밀리미터 이상 긴 그리스인 타입은 적은 편이다. 무지외반증은 발의 대표적인 기형이다. 흔하게 주변에서 볼 수 있으며 '버선발 기형'이라고 불린다. 부모의 유전적 경향이 있다고 한다. 앞이 뾰족하고 폭이 좁은 하이힐을 오랫동안 즐겨 신는 여성에게서 잘 생긴다. 엄지발가락이 둘째 발가락 쪽으로 휘면서 엄지발가락 내측 부위의 뼈가 튀어나와 휘어지거나 갈고리 모양으로 변형이 온다. 목욕탕에 갔을 때 우연히 이런 아줌마를 보고 한참 생각에 잠겼다. 신발을 신으면 내측 뼈가 눌려 점액낭에 염증이 생겨 통증이 온다. 걸음걸이가 부자연스러우며 장기간 방치하면 관절염으로 된다. 고관절에 무리를 줄 수가 있어 조기 치료가 필요한 질병이다.

그 당시 수술을 받을 즈음에 미국에서는 노인들이 무지외반증 수술을 많이 받는다고 했다. 군의관은 모교병원에 가서 수술 기술을 배워와서 수술을 할 정도로 우리나라에서는 일반화되지 않은 시절이었다. 오른쪽 발을 먼저 수술하면서 과감하게 뼈를 잘라내지 못하여 15년이나 지난 지금도 오른쪽 엄지발은 수술하기 전과 별반 차이가 없이 튀어나와 있다.

발의 반사구가 엄지발가락은 머리, 둘째 발가락은 눈, 셋째 발가락은 코, 넷째 발가락은 귀에 있다. 엄지발가락의 기능이 인체에서 머리를 조절하는 것으로 보아 수술을 하기는 잘한 것 같다.

여자 대학생들 중에는 꼭 끼는 신발 때문에 발가락이 망치 모양으로 변형되어 망치발가락이 되는 경우도 있다니. 젊은이들이여! 멋 부리는 것도 좋지만 발이 혹사당하지 않게 하면 어떨까. 차분한 성격인 남편은 걸음걸이도 조용조용하다. 난 무엇이 그리도 바쁜지 빨리 걸어가야만 할까. 내 발의 표정은 다소곳함이 없어 마음에 들지 않지만 지천명을 살아오면서 못생긴 발의 위대함 앞에서는 고개가 숙여진다.

한 시간씩 걸어 다녔던 여고시절에는 발이 힘들다는 생각은 하지도 않고 잘 지내오지 않았나. 발에 살가운 관심도 보이지 않고 살아온 내가 뒤늦게 발이 하는 일이 대단함을 알았다. 발마사지가 성행해도 돈 들여 마사지는 못 할망정 매일 저녁에 발을 잘 만져주는 것으로 하루 수고한 고마움을 알아주련다. 외출에서 돌아오면 제일 먼저 발을 씻어주면서 "발아, 오늘도 매우 수고 많았구나!"라고 달래준다.

벚꽃이 휘날리는 테니스장에는 캐스트슈즈를 신은 한 여인이 볼을 응시하고 있다. 무지외반증 수술 덕분에 휠체어 탁구도 쳐보는 추억을 꺼내볼 날도 있으려나.

대상포진은 이렇게 시작하네

긴긴 해에 지쳐있는 초록 잎들이 서서히 단추를 연다. 그들은 저 너머로 가서 쉬려고 하네. 본래 지니고 있던 노란색이 은행잎에 스며 나온다. 지난밤에 야간 상담을 하여 잠도 못 잔 상태에다가 독감예방주사를 맞았다. 몸이 으슬으슬했건만 오후에는 텃밭으로 가자는 친구의 권유를 뿌리치지 못했다. 가을의 들녘은 시를 읊고 있어 고단함이 달래지기도 했지만.

그날 저녁에는 생명의전화 친교위원회에서 '충탑해판' 이라는 상담 투사기법을 발표하기로 되어있었다. 예방주사를 맞은 몸은 이미 병균과 싸우고 있는데 책임감이 더 우선이었다. 이튿날 오전에는 수목원의 학생들이 숲 해설을 기다리고 있었다. 피로한 몸은 수목원으로 향했다. 그 저녁에는 지난달 결석한 것이 걸려서 생명의전화 상급반 공부에 참석하지 않을 수 없었다. 사흗날 오전에는 그나마 몸을 쉬어주는 시간이었다. 그날 오후에는 가정법률상담소에서 면접상담을 해야 해 빠질 수가 없었다.

과분한 일로 지쳐있는 몸은 그날 저녁부터 배꼽 좌측 옆의 근육에 쿡쿡 찌르는 둔한 통증이 있었다. 나흗날째 통증의 주기와 양태를 잘 관찰해 보았다. 닷새가 되던 날에는 사람들에게 병을 자랑하니 늑간신경통이라고 했다. 누구는 한의원에 가서 침을 맞고 나왔다고 했다. 인터넷에서는 늑간신경통, 대상포진이라고 알려주었다. 그날은 견디다 못해 내과진찰을 받았으나 근육통에 관한 처방이 고작이었다. 쿡쿡거리는 통증을 달래주는 약이 아니라서 진정이 되질 않았다. 마음 한구석은 이대로 나았으면 하는 바람이었으나 엿새가 되니 통증은 톡톡 튀는 노래를 반복해서 불러댔다. 몸 전체를 살짝 움찔거리게 해서 올렸다 내려놓는 느낌이랄까. 초죽음이 돼 가는 몸은 햇볕 쪼이는 병아리 같았다면 과장된 표현일까. 어려운 일은 겹친다더니 그날따라 딸과 아들 손녀까지 모였다. 이런저런 반찬을 하느라고 움찔거리는 힘듦은 숨겨야 했다. 몸은 천근만근이 돼 방바닥에 누워야 하나 그럴 형편이 아니었다. 병원의 응급실로 달려가고 싶으나 일요일에는 참을 수만 있으면 다음 날 아침을 기다릴 수밖에.

여드레 되는 날 눈 뜨자마자 보니 좌측 젖가슴 한참 아래에 빨간 꽃송이 대여섯 개가 돋아나 있었다. 순간 "어머나, 대상포진이네!" 일주일간이나 혹독한 대가를 치르고 이렇게 빨간 꽃송이가 피어나는구나. 그동안 꽃을 피우기 위한 몸부림이었구나. 그래! 질병도 고통이 없이 영글겠는가! 약 십오 년 전 정초에 전신마취 네 시간 끝에 무지외반증으로 양 엄지발가락을 수술하였다. 뼈를 깎는 아픔이었다. 사날을 지내고 나니 왼쪽 팔 안쪽 손목 위로 빨간 꽃송이가 띠를 이루어 생겼다. 따끔따끔한 심한 통증으로 깜짝깜짝 놀랐다. 이 주 이상이나 약을 먹으니 그제야 통증이 가라앉고 딱지가 앉았다. 그 당시 사람들은 "왜 그런 것이 생기지?" 의아심을 품기도 했다.

그 후 새로 근무하는 일반병원에서 보니 주로 농촌 어른들이 빨간 꽃송이로 입원하는 경우가 더러 있었다. 그 후로 그 병으로 입원치료를 받았다는 사람들의 이야기를 제법 많이 듣게 되었다. 비싼 예방주사도 나와 있다. 두 번이나 그것으로 고통을 받았다는 것이 남세스럽기도 하다. 요즘은 딸을 결혼시키는 친정어머니가 콕콕 찌르는 이런 고통에 시달리는 일이 흔히 있다고.

독감 예방접종만 하면 괜찮을 줄 알고 힘들어도 참고 지낸 미련스러움이 아픔을 겪게 하다니. 대상포진 예방주사도 맞고 몸을 편안하게 쉬어 주어야 하는데….

머리로 알지만 몸으로 행동을 하지 않으니 한심했다. 병균을 주입해서 병을 생기게 한 어처구니없는 일이었다. 어리석음은 또 한 번 시련을 맞았다. 고통 속에서 또 다른 것을 깨달았다. 한동안 오전 오후로 쉴 틈도 없이 삼사십 대인 양 살아온 욕심의 죗값이었다. 쿡쿡 찌르는 노래를 부르지 않고는 과로의 몸은 배겨낼 재간이 없었는가 보다.

실천이 없는 오만한 지식, 아무 쓸데없는 욕심덩어리. 언제부터 칠십 프로만 활동하고 살자고 다짐을 했던 것이 허사였다. '이젠 빨간 꽃송이는 더 이상 피게 하지 말아야지.' 라고 가슴속으로 중얼댔다.

나이를 먹어 간다는 여정길이 이렇게 울퉁불퉁하구나. 몸의 나이는 먹는데 마음의 나이는 안 먹겠다고 하는 것도 병인 것 같다. 나이가 들면 행동의 화려함보다는 절제의 호기심을 지녀야 되지 않을까. 활동을 줄이자! 지각을 하는 것도 늙음의 모습이겠지. 생각하면 할수록 불고염치, 낯부끄러울 일이지 뭔가. 내 몸 마음대로 안 되는 것을 수긍할 수밖에. 세월은 나를 비켜 가지 않으니.

　　노란 은행나무 잎들이 수북하게 널브러진 담벼락 옆으로 지나가니 '어머나, 그랬군요!' 하면서 측은한 눈빛을 보낸다. 내 몸에 생겼던 빨간 열매는 가을에 깨달음의 추수를 하게 한 것으로 느껴진다. 스산한 바람결에 날리는 은행잎들.

엉뚱한 짓을 한다

연꽃은 흐르는 물에 꽃가루를 흘려보내면서 짝짓기를 한다. 꽃가루는 속이 빈 꽃밥의 안쪽에 숨어있다. 대부분의 꽃가루가 바깥세상을 구경하려면 꽃밥의 꼭대기에 있는 미세한 구멍을 통하는 길밖에 없다.

내일까지 마감하는 원고를 다시 보다가, 개그콘서트의 마빡이가 귓가를 어른거린다. 마빡이가 하는 것을 처음부터 끝날 때까지 흉내를 내 봤다. 정말 힘들었으나 야릇한 작은 힘이 스멀거린다.

합리적인 사고의 틀 속에서는 새로운 무언가를 찾아낼 수 없다. 엉뚱한 생각 속에서 번득 떠오르는 아이디어를 끌어낼 수 있는 경우가 더 많다. 실수나 생뚱맞은 짓거리는 불안을 자아내지만 그 다른 면에는 생의 환희를 음미하게도 할 수 있다.

어린 시절 친구들 몇 명이 한가윗날 초저녁에 엉뚱한 일을 벌였다. 벙거지 모자에 수건을 둘러쓰고 얄궂은 엄마 긴치마에 허리띠를 질근 맸다. 바가지 하나씩 들고 이웃집에 찾아가서 음식을 달라고 했다. 이웃집 아줌마는 이상하다고 고개를 갸웃거리면서도 송편을 준 적이 있다. 속으로는 웃음이 나오는 것을 억지로 참느라고 이를 악물기도 했다. 한가위 보름달도 살짝 구름 뒤로 숨기도 했다.

지난해 말 어느 봉사단체에서 하는 송년회 장기자랑에 나갔다. 같이 친하게 지낸 선생님이 '당신은 나의 태양' 노래를 원어로 부르자고 했다. 무대복장은 재롱스럽게 꾸몄으면 했다. 빨강 티셔츠에 흰 장갑을 끼고 머리엔 빨간 털모자를 썼다. 양 손목에는 풍선을 불어서 매달았다. 반주 없는 노래를 부르니 여러 봉사자들이 같이 손뼉을 쳐 댔다. 활짝 웃음 짓고 흥거운 얼굴의 물결은 장내를 휘 돌아쳤다. 식상한 것을 벗어난 일상에서의 일탈이었다.

나이 들어가는 나 자신이 싫은 생각이 언뜻 든다. 무엇보다 내가 괜찮았다고 생각했는데 남과 별다를 것이 없다는 걸 알게 되니 씁쓰레하다. 이제는 겉으로 보이는 건 중요하지 않고 마음이 따듯해지면 된다. 사람을 만나도 잘난 체하지 않는, 남자든 여자든 그냥 대화가 잘 통하고 서로를 먼저 배려해 주면 좋겠다. 남에게 기대어 놀자고 손 내밀었다가 거절하면 부끄러워지기 일쑤이다. 혼자 잘 노는 사람으로 외로움을 달래 줄 쪼그만 취미가 있어 다소 위안이 된다.

나잇값 못 하고 노는 데 정신이 팔려도 좋다. 기운이 떨어지니 구태여 이전과 같이 달려가려고 애쓰지 않아도 된다. 중년 이후는 그야말로 남의 눈치 볼 것 없이 자신이 주인공임을 떳떳하게 해도 되지 않을까. 여태껏 남의 눈 때문에 움츠러든 생각이나 몸이 힘들었던 것을 벗어버릴 때가 되지 않았나.

우리 눈앞에 보이는 것과 머릿속에서 떠오르는 생각 사이에는 절묘한 고리가 있다. 때때로 큰 생각은 거대한 광경을 펼칠 수 있고, 새로운 풍광은 기이한 발상을 끌어낸다. 간밤에 비가 걷히고 난 산등성이를 바라보면 산안개가 둥실둥실 회색구름을 지우러 가지 않던가.

연잎도 어느 때가 되면 연잎 밥그릇이 되어 모든 것을 아우르는 들척지근함을 안기기도 한다. 자기를 완전히 탈바꿈하여 연잎차로 가슴에 온 향을 불어넣어 줄 때는 미적지근한 삶에서 따스한 기운이 휘돌곤 한다.

나이를 먹는다는 것은 반갑지 않은 일이다. 나이 듦에 행복해하는 사람이 얼마나 있을까. 도전적이고 설렘 가득했는데 누가 내 마음에 스위치를 끈 걸까. 뭔가를 하기도 전에 재미없을 것이라고 치부해 버리는 것, 손 놓고 모든 걸 '대충 하자' 시간만 보내고 있는 것 같다. 하지만 일상에서 지나치기 일쑤인 것에 색다른 의미 부여로 소중함을 느낀다. 어느새 호기심의 불씨가 술술 연기를 뿜어낸다.

사람은 평생을 살면서 하루에서는 저녁이 여유로워야 하고, 일 년 중에는 겨울이 여유로워야 한다. 일생에서는 노년이 여유로워야 한다고 듣지 않았나. 치열하고 불안하던 삶에서 점점 편안해지는 것을 갈구한다. 좀 지루하지만 이것이 행복인 것을 되뇌기를 애쓰다 보니 행복해진다. 내 가슴에 손을 얹어본다. 고은 시인의 '그 꽃'에서 "내려갈 때 보았네. 올라갈 때 못 본 그 꽃"처럼 여유를 가지고 다시보기를 해야 볼 수 있잖은가. 정작 인생에 소중한 것은 멀리 있는 것이 아니라 한 뼘 곁에 있다는 것을 잊고 살아온 것 같다.

두려움의 고무줄이 팽팽하다. 사람들은 주름살이 생기면 암울한 미래와 자신의 재능이 쓸모없고 버림받는 것을 가장 힘들어한다. 나이의 무게에 그냥 주저앉아 버리는 것은 노년에 뒤따르는 고독과 외로움 한가운데로 나서기를 주저하기 때문일 것 같다. 화장을 좀 진하게 하고 젊었을 때 입었던 빨강원피스를 입는다. 스마트폰을 누른다. 예전 같은 모습은 아니지만 조금 비슷한 부분을 찾아 그것으로 위안을 받는다. 얼굴에 잔뜩 기쁨을 머금고 "여보, 나 예뻐 보이지?" "그런다고 젊음이 올 줄 아냐!" 하는 그이의 의아한 표정에 크고 환한 웃음으로 엉뚱하게 화답한다. "이렇게도 해보는 거야." 연꽃을 받쳐주는 연잎은 감당할 만한 빗방울만 싣고 있다가 그 이상이 되면 미련도 없이 버린다.

둥근달이 뭉그적거린다. 구름을 신어서 잠깐 어두웠던 달이 다시 맨발이 된다.

누군가의 밥이 되는 것

삶은 슬픈 원이거나 냉정한 삼각형이다. 원은 한 점으로부터 일정한 거리에 존재한다는 점들의 집합이다. 사람은 서로 가까워지기도 잊히기도 하면서 살아간다. 어느 누구에게 밥이 되는 것, 국보다는 밥이라는 말, 제때에 밥 한 숟갈 먹으면서 이야기를 나누는 것은 다정한 정경이다. 그것은 우리에게 힘을 돋우게 하는 그 이상의 것이 있다. 밥은 욕망의 희생물이 되는 대상이기도 하다.

어느 단체 행사에 참석하여 버스를 타고 서울을 가는 중이었다. 그녀가 노래 한 곡을 해야 되는데 가사가 떠오르질 않아서 생각해 낸 것이다. 그때는 스마트폰도 없었다. 직장 직원한테 전화를 걸어서 그 가사를 좀 알아달라고 부탁을 했다고 한다. 조금 후에 그 노래를 알려준 덕분에 회장으로서 품위를 유지하였다. 누군가에게 밥이 되어주는 것은 참 괜찮은 일이라는 것을 그녀의 경험담을 들으면서 알게 되었다. 그런 말을 나도 누군가에 전해

주어 훈훈한 세상을 만들어가는 데 일조를 하고 싶었다. 어느 젊은이한테 그 경험담을 이야기했다. "난 그런 것이 싫어, 내가 뭐 어때서 그 사람의 밥이 돼."

이런저런 생각이 오갔다. 누구에게 그것이 되는 것은 아무나할 수 있는 일이 아니구나. 밥이 되고 싶어도 둘 사이의 관계가 어느 정도 친밀하거나 조직에서 상하관계가 되어야 될 것 같다. 또다른 삶도 많지만 삶이란 나 아닌 누구에게 기꺼이 연탄 한 장 되는 것처럼 나도 누군가에게 밥이 되어주리라 자주 되뇌곤 한다.

작년 12월 초부터 매우 가슴이 아린 아줌마의 이야기를 들어주는 시간이 매주 한 번씩 있었다. 보통 한 시간 정도 들어주면 될 것이라고 생각했으나 그 시간을 훨씬 넘는 경우가 차츰 늘어났다. 피로가 몰려오는 초저녁 시간에 마음 아픈 이야기를 들으면서 상처를 공감하며 맞장구쳐서 그 시간이나마 그녀가 좀 위로받았으면 했다. 이삼 주가 되는 즈음에는 우리 한 시간으로 정해놓고 상담했으면 하고 요구했다. 정해놓고 하는 것은 매우 형식적인 것이라고 난색을 했다.

어느 곳 하나 가시가 박히지 않은 곳이 없었다. 자라면서 가정환경에서부터 결혼하여 살면서 의지할 곳이 한 군데도 없으며 남다르게 마음이 굴곡져 있었다. 어느 날은 옆에 있는 것처럼 얼굴도 만져주고 가슴도 꼭 안아 주고 해서 얼음을 녹였다. 펑펑 울면서 내 몸에 달싹 안겨서 마냥 울어대곤 하기도 했다. 두 시간을 들어준 어느 날은 오늘은 내가 힘드니 그만 상담을 종료하자고 부탁해서 끝낸 적도 있었다.

그야말로 그에게 전화 하나 해주는 사람도 없다. 장애인 아이 병원진료 하러 서울을 다니면서 마음 문을 열고 들어주는 한두 사람이 생겼어도 전화를 하려니 겁이 난다고 한다. "행복에너지를 주는 말을 해야 하는데." 징징거리고 하소연만 하게 되니 어느 누가 좋다고 하겠느냐는 말이다. 올 설날에도 하마 전화가 오려나 기다려도 개미새끼 한 마리 그녀를 찾아주는 사람이 없더라는 투정이다. 가슴에는 독살로 가득 차 있다고 한다. 독을 빼내고 싶으나…. 이 모든 것이 자기 탓이라는 것을 그나마 알고 있다.

어느 날은 "살아서는 찾지 못하는…" 초혼 노래를 불러주고 나서 들어주기를 시작하였다. 가슴 한구석에 박힌 가시가 흔들리는 듯했다. 감동스러웠다. 그녀가 좋아하는 '걱정말아요 그대' 가사에 "지나간 것은 지나간 대로 그런 의미가 있죠, 후회 없이 꿈을 꾸었다 말해요." 등의 구절이 그녀의 마음을 어느 누구보다도 잘 보듬어주는 노래이어서 좋아한다고 했다. 노래로 하는 상담도 꽤 괜찮네!

두어 달이 지나가면서 그녀를 위하는 시간이 쌓여갔다. 누군가에게 도움을 주는 이 저녁이 매우 귀중하고 의미 있는 시간이었다. 뿌듯했다. 옆에 마주 보고 앉아서 같이 밥을 먹는 것이면 더욱 좋겠지만 전화로 '마음의 밥'이 되어주고 있구나. 봉사가 헛된 것이 아니네. 여태껏 '나는 그 누구에게 연탄 한 장도 되지 못하였네.'가 아니라 '나도 연탄 한 장 되어주고 있구나.' 마음의 깊이는 시간에 비례하는구나. 옹이가 단단해진 상처를 매주 한 번씩 귀에 전화기를 바짝 대고 듣는 데에 온 맘을 다하면서 작은 가시라도 빼려고 그녀와 혼연일체가 되려고 몰입을 하였었다. 누군가에게 제때에 밥 한 숟갈이 되어가는 것도 나의 덕을 쌓아 가는 시간이라고 달래어 본다. 그래! 얼마나 힘이 들었으면 매번 이야기할 때마다 가시가 녹아내린 눈물을 닦아주지 않으면 안 되었을까?

마음도 손빨래

이리저리 뒤척이다가 선잠을 잔다. 주로 새벽의 문을 여는 그때에 하는 일이다. 양손으로 치대면 땟국물이 나온다. 빨래판에서 옷가지를 비벼대면 밤 동안 잠자면서 끼어있던 마음의 때를 조금이나마 씻는 느낌이다. 좁쌀알만 한 위안이 되는 것 같다. 잠을 자느라고 굳어졌던 손가락 관절 스트레칭의 준비운동이랄까. 요즘에는 고급 스카프나 좋은 블라우스는 한 번 드라이 후 울샴푸를 써서 손빨래를 할 수 있다. 빨랫감을 쌓아 놓지 못하는 것 자체가 일찍이 엄마 곁에서 보고 자라 영락없는 닮은 꼴이다. 사소한 그런 것도 닮을 줄이야.

아무리 세탁기가 있지만 빨래를 처넣어 두고 며칠씩이나 지내는 것은 내 마음에서 허락해 주질 않는다. 해가 잘 나는 그런 날은 유난히 빨래를 하고 싶은 마음이 앞선다. 손으로 박박 옷가지를 지르잡아 가지고 문지르면 그 가운데에 내 영혼의 자질구레한 허접한 것들이 빠져나가는 듯하다. 그렇게 조금씩 감정의 때를 벗기면 미움도 부러움도 남아 있을 여지가 없는 것 같기도 하다. 스트레스도 그때그때 풀지 못하고 차곡차곡 상자 속에 넣어 두니까 어느 순간에 분출하면 감당할 수 없게 되지 않던가. 햇볕으로 나가서 내 모습 빨갛게 속내를 드러내서 마냥 해맑은 웃음으로 그날을 보내본다. 빨랫줄을 달랑 혼자서 독차지하는 여유로움을 누가 알려나.

어린 시절 여름이면 개울가에 큰 가마솥을 걸어놓았다. 흰 옥양목 이불, 누렇게 흙이 묻은 아버지 중우 적삼 등이 푹푹 양잿물속에서 부글부글 거품을 내며 끓어오를 때 엄마 옆에서 거들던 기억이 난다. 한겨울이면 꽁꽁 얼은 얼음장 아래서는 겨우 아버지 재떨이나 씻을런가. 일요일 날을 받아서 대여섯 식구의 속내의와 겉옷을 담은 함지를 이고서 대기 고개를 지나 샘물이 나오는 강가로 가곤 했다. 내 마음속에서 우러나오진 않았지만 그래도 하기 싫다는 생각을 하지는 않았다. 빨래를 하는데도 땀이 나기도 했다. 빨래도 노동이다. 온몸에서 열이 나고 땀이 몸을 적셨다.

우리 동네 근처에 빨래터가 있어 그곳을 지나가노라면 빨래를 했던 개울가가 그리워진다. 빨래터 축제에 참여한 아낙네들의 입에서 "마음의 빨래도 해서 건강하게 살아갔으면 한다!"라는 말이 내가 터득한 것과 똑같다. '아하!' 머리 안에서 손뼉을 마주치는 소리가 들린다. 동네에서 빨래터는 마을 아주머니들의 엉글었던 애환으로 시끌벅적대던 곳이다. 험난한 시집살이의 고통을 방망이에 얹어 옷가지를 내리치는 어머니들의 모습이 생각난다. 그곳에서 어머니들은 좁쌀 같은 속 좁은 남편의 흉을 보면서 참아왔던 답답함이 일격에 날아가는 듯했다. 음담패설까지 듣는 날에는 함박웃음이 흘러나왔다. 손빨래를 하면 세탁기로 빨래하는 것보다 두 배 이상은 물이 절약되는 것 같다. 맨 나중에 헹군 물은 거의 맑아서 대야에 모았다가 작은 것 해결 후에 부어도 되는데 우린 너무 편리하고 풍족한 것에 익숙해져 있다. 옷가지를 빨아도 한꺼번에 모아가지고 빨다 보니 몸이 힘들다고 한다. 시간을 내서 몸이 덜 힘들 때 한 가지씩 빨면 운동 잠깐 한 셈으로 치부한다. 억척스러운 사람이 제 몸 안 아끼고 빨래를 한다고 말하곤 한다.

좋은 옷은 손으로 빨래하고 세탁기에 탈수도 하지 않는다. 손으로 비틀어 짜는 것이 손목 힘을 기를 수 있어 괜찮다. 기계에 의해 한껏 수분을 없애서 나오면 빨리 마를 수는 있지만 옷의 수명이 줄고 모양새도 일그러질 수 있다.

때가 찌든 옷은 미리 손으로 지르잡아 비벼서 기계에 넣는다. 세탁기 안에서 마구잡이로 돌아가는 옷들은 놀이기구를 한참 동안 타고서야 밖으로 나온다. 생명이 없는 옷들이긴 하나 누군가의 몸을 보호해 주었을 그들에겐 주인의 독특한 체취가 배어 있을 것만 같고, 나름의 영혼이 스며 있을 것만 같다. 의지에 상관없이 무참히 세탁기 안에서 정신없이 돌아가면서 내는 소리는 어떤 경우에는 아픔으로 들려온다. 몸은 편하나 마음은 내내 불편하다고 외쳐 대는 것만 같다. 오늘 아침에도 한두 가지 손빨래를 했다. 눈 뜨기 전에 이불 속에서 오늘은 반찬을 무엇을 해 먹을까, 무슨 옷가지를 빨까 생각을 모은다.

성질 급한 나에게 손빨래는 아주 잘 어울린다. 비누칠된 옷들이 내 손 안에서 열심히 주물러진다. 어제 오해가 생긴 일들이 머릿속에서 잘잘못을 가리지 않고 한데 섞인다. 깨끗한 물로 비누거품들이 시원스럽게 헹구어진다. 뒤범벅이 된 갈등이 헹구어져 씻겨 나간 자리에 맑은 공간을 만든다. 옷가지들이 제 모습을 드러내면서 빨랫줄에 널려진다. 오늘의 따스한 햇살과 바람의 만남으로 설레기도 한다. 나란히 줄을 선 빨래들이 서로 심심하지 않게 잘 놀자고 속살거린다.

세탁기가 나에게는 고마운 선생님이라고 말할 것 같다. 나를 늘 배려하는 주인집에 와 있는 것이 행복한 마음일 것 같다. 어제 하루를 열심히 산 주인공의 땀 냄새가 비누거품과 기 싸움을 하며 내 손 안에서 어우렁더우렁한다. '힘들었겠구나!' 마음속으로 수고에 대한 위로를 건넨다. 힘든 것이 헛되지 않도록 깨끗한 차림으로 해준다고 한다. 가슴속에선 작은 합장박수 소리가 들린다. 끈적끈적한 점액으로 우렁이 껍데기 속에 작은 진주를 만들 꿈을 꾸며 살아왔다. 하루의 시작을 깨는 손빨래를 하는 것이 마냥 즐겁지는 않기도 하지만.

옷가지를 박박 문지르면서 어제의 힘들었던 마음도 떨쳐버린다. 좋은 하루 만나자고 다짐도 하게 된다. 손빨래에 담긴 영혼의 작은 불꽃을 붙이는 소박한 손놀림은 그렇게 내 속내를 깨끗하게 하면서 하루를 시작한다.

문화지능을 높여야

초봄에 뽀얀 목련꽃의 해맑은 자태는 그 혹독한 겨울에 아려왔던 바람과 추위의 아픔을 이겨낸 마음으로 공들인 것이 아닐까.

'방가? 방가!' 라는 영화를 본 적이 있다. 한국에서 체류 중인 외국인 근로자의 아픔을 이야기한다. 한국과 살림살이에서 차이가 나는 동남아계 근로자들에 대하여 한국인들의 비인간적인 면이 촘촘히 보인다. 피부가 다르다는 이유만으로 취업에서 때때로 쓰디쓴 씀바귀 뿌리 같은 맛을 본다. 힘들고 남들이 하기 싫은 일을 하는데도 불구하고 천대당하는 것은 역지사지로 생각하면 어떤 말을 먼저 해야 할지 억장이 무너진다. 우리나라 사람들이 초창기 미국에 이민을 가서 고통스런 생활을 하고 홀대를 받았다는 이야기는 역사의 기억에서 잊혀 가고 말았구나 싶다.

며칠 전 개미들의 군단이 이동하는 것 같은 중앙로 지하상가를 걸어갔다. 나와 피부색이 다른 사람들이 조잘조잘 지껄이는 모습이 내 눈 안으로 모여들었다. 다양한 문화를 가진 사람들이 즐거운 모임에서의 화기애애한 기운이 아직도 남아서 웃음이 피어나는 것 같았다. 외국인들이 지나가면 한 번 더 유심히 보는 습관은 왜일까? 남의 것에 대한 호기심, 관심과 귀 기울임은 글로벌 시대를 사는 현대인에게는 색다른 욕구의 표출이 아닐까. 한편에선 그들이 한국생활이 얼마나 힘들었으면 투신자살했다는 얘기가 우리네 가슴에 가느다란 못을 박고 있다.

문화는 나무와 같다. 둥치와 수형은 수십 년이 지날수록 꿈틀거리는 용맹스러움을 보이고 잎사귀는 계절 따라 변신을 즐거워한다. 세월 속에서 자라나고 변화하지만, 소나무는 언제나 소나무이고, 벚나무는 생명이 다하는 날까지 벚나무이다. 문화도 마찬가지이다. 저변의 큰 테두리의 문화는 수백 년이 지나도 크게 변하지 않지만, 자잘한 문화는 몇 달, 몇 년 내에도 많은 변화를 한다. 문화의 뿌리와 기둥을 안다면 문화와 문화가 접하는 순간에 일어나는 절묘함을 더 잘 알게 되어, 그들과 어우러진 기쁨의 장이 될 수 있다.

어느 글로벌 은행을 광고한 그림에는 메뚜기가 그려져 있다. '미국에서는 곤충이지만 태국 북부 지방에서는 훌륭한 음식'이라는 메시지가 담겨있다. 이렇게 지구 곳곳에 있는 개인과 단체, 더 나아가 국가 간 문화의 차이에 대한 이해가 없다면 살아가기가 만만하지 않을 것 같다. 우리와 다른 문화와 배경을 가진 사람과 문화적 갈등 없이 어울리거나 다양한 풍습을 누리고 즐거워하는 능력이 문화지능이다. 서로 다른 차이를 인식하고 그 차이에 대응할 줄 아는 것으로, 문화를 차별이 아닌 차이의 시각으로 인지하고 발견해 낼 줄 아는 것이다. 그 차이를 배경으로 각자 삶의 반경에서 창조적인 발상의 전환을 할 줄 알면 금상첨화가 될 법도 하다. 내 곁에 있는 사람의 문화양식이 괜찮다고 느끼면 겉으로라도 그것을 따르려고 할 줄 알아야 문화지능이 높은 사람이다.

감성지능은 문화지능을 가족에 비유하면 아이들과 같다. 감성지능은 한마디로 '상대방에 대한 판단을 늦출 줄 알고, 행동하기 전에 생각할 줄 아는 여유'이다. 감성지능이 높을수록 남의 모습 그대로를 잘 알아주어 가까이에서 친하게 지내고 싶은 마음의 소용돌이가 일어난다. 다른 사람들의 관습을 이해하는 공감능력을 생활 속에서 실행하는 관대함은 삶을 더욱 풍요롭고 향기 나게 한다. 이제 주변에는 다문화가족을 위한 적응 프로그램과 행사가 많아졌다. 한국적인 것을 능가하여 지구촌을 넘어서 생각하고 정감 있는 행동을 하는 사람들은 기나긴 수평선을 그려나가고 있지 않을까.

'태극기 휘날리며', '싸이의 말춤'이 세계에서 열광의 도가니를 이룬 것도 높아진 문화지능으로 보아야 할 것 같다. K-POP의 한류 문화가 유럽인들의 몸을 흔들거리게 하는 것은 그런 맥락으로 이해가 간다. 한때 직장에서 '부어라 마셔보자' 술이 술 먹는다는 것이 당연하던 때 회식을 했다. 요즘은 식사만 하고 문화상품권을 준다. 영화를 보거나 와인 바에서 놀이와 함께 격조 높은 회식문화가 선반 위에 냉큼 올라와 있다. 업무의 연장이라면서 그 자리에서 같이 있던 동료들이 홍당무로 연출을 할 얼굴이 되어야 잘한 모임이라고 입방아를 찧어 오던 시절을 그려보니 씁쓰레하다.

다문화가정의 가족들에는 이웃이 많다. 이웃들은 그 가정의 문화차이, 언어차이 등의 어려움에 귀 기울임이 아직은 초봄 연둣빛 새싹 이파리에 불과한 것 같다. 태어난 곳은 달라도 그들 역시 우리와 다르지 않게 연한 미색의 꽃봉오리를 터트리는 초봄의 목련꽃을 보면서 환하게 미소 짓지 않던가.

법정에 든 햇살

봄바람이 매화꽃 향기를 싣고 창문 틈새로 비집고 들어온다. 그 향기로움이 이 여인의 심장 깊숙한 곳까지 파고든다. 새벽보다 조금 더 퍼드러진 햇살이 법정 안으로 걸어왔어도 거기에 있는 사람들은 환한 얼굴로 맞아주질 못하고 무덤덤하기만 하다.

사람들은 검찰에 출두하라는 말만 들어도 걱정과 두려움이 슬슬 밀려와서 출두시간 전까지 무거운 물동이를 머리에 이고 있는 힘든 경우를 맞기도 한다.

몇 년 전 오래 한국여성유권자연맹이라는 시민단체 활동을 해왔으며 그 단체의 이념을 확실히 숙지하고 있던 차에 국정감사 모니터링 요원으로 선발이 되었다. 대구지방법원과 대구지방검찰청을 방문하였다. 오전 오후로 양 기관의 업무, 실적에 대한 보고 등 국정감사를 시작했다. 그 당시 다른 공공기관에서는 개혁이 빠르게 이루어지어 주민을 대하는 직원의 자세도 매우 친절하게 변했다. 법원은 검찰보다도 변화와 개혁이 뒤처지고 고자세인 것이 느껴졌다. 그런 후 얼마 지나지 않아 국민참여재판이 도입되어 매우 혁신적이었다.

5년 전부터 시행되고 있는 국민참여재판은 일반 국민이 배심원으로 형사재판에 참여해 피고인에 대한 유·무죄 평결을 내리는 것이다. 배심원은 더 나아가 피고인에게 선고할 적절한 형벌을 토의하고 재판에 참여하는 기회를 갖는다.

발뒤꿈치를 한껏 들고서 조용조용 11호 법정에 들어서니 조금 전에 재판이 시작되어 진행 중이었다. 피고인은 어려서 뇌성마비를 앓았고 어머니의 등에 업혀 학교를 다녔다. 그 후 중학교 입학해서도 동료들에게 왕따를 많이 당했다고 한다. 나중 성인이 되어서는 습관적으로 비 오는 날이나 흐린 날에 어느 지역 일대에 있는 대학교 도서관에 가곤 했다. 잠시 자리를 비운 빈자리에 주인 대신 지키고 있는 가방을 들고나와서 카드로 물건을 구매하는 습벽이 생겼다. 아마 배우지 못한 열등감을 달래 보고파서 도서관이란 곳을 가고 싶었는데 거기서 한번 해보니까 좀 더 악의 손을 쓰고 싶은 심정이 아니었을까.

변호사가 법정 공간에 나가서 배심원들이 있는 쪽으로 몸을 향하여 그들의 눈을 번갈아 보아가면서 부드러운 음성으로 피고인에 대한 진술을 하는 것이 돋보였다. 노련하게 피고인의 심정과 정황을 잘 대변해 주는 것이 성의가 있었다.

그와 대비되게 검사는 파워포인트는 만들었으나 매우 빨리빨리 내용을 읽고 넘기곤 하니 웬만히 자료나 법에 입문한 배심원들이 아니고는 그 과정 전체를 소화하기가 어려울 것 같다는 생각을 들게 했다. 검사가 좀 더 피고인과 배심원을 생각한다면 조금 더 천천히, 강조해서 이해를 돕게 해야 할 것 아닌가.

피고인은 이번이 네 번째 재판이었다. 지은 죄는 마땅히 처벌받아야 하지만 재판 내내 한 번씩 고개를 수그리고 지금의 처지를 후회하고 있는 것 같았다. 그래도 최후진술에서는 말에 눈물과 콧물이 범벅이 되는 듯한 울먹임이 퍼져 나왔다. 핀이 어느새 피부를 콕 찌르고 도망친 듯 순간의 서늘함이 온몸 미세혈관으로 줄행랑을 친다.

처음 출생 시 아이들의 하얀 목화솜 같은 순수함은 어디로 가고 자라면서 악의 때를 끼게 하다니! 왜 인간은 악마의 갈퀴 달린 손을 가진 것인가, 머리를 갸우뚱거린다. 어떤 사람은 아무리 어려워도 자기 위치에서 그런대로 살아가고 있지 않은가. 자기 환경만 탓하고 위만 쳐다보고 쉽게 잘살아 보려는 얕은꾀로 평생 마음을 조리는 사람은 누구인가. 인간은 불완전함과 나약함으로 죄를 짓고서는 그럴싸하게 변명이나 한다고 한다. 인간의 죄를 거부할 능력을 가진 사람은 어디에 있을까. 죄의 습성은 더욱 강해지고 죄에 대한 저항력은 매우 약해진다. 술이 사람을 마시는 것처럼 우리의 마음속에 있는 죄가 우리를 더욱 죄짓게 한다. 죄의 습벽이 강해지면 끝내 죄의 노예가 된다. 죄의 굴렁쇠는 또 다른 굴렁쇠를 동시에 굴리자고 유혹한다.

판사가 몇 년 형을 내릴까에 대하여 소곤소곤 이야기 타래를 풀었다. 피고인은 그동안이 얼마나 긴 시간이었을까. 한 시간이

한 달 이상으로 길었을 것 같다. 상담위원들은 대개 4년 이상의 형을 이야기했다.

법정에서 판사가 내린 판결은 3년 8개월이었다. 배심원들의 평결을 존중해서 판사는 판결했다고 강조했다. 오히려 상담위원들이 생각한 것보다 배심원들의 평결이 더 인간적이라는 것 같았다. 우리 상담위원들은 배심원이 아닌 방청객의 위치인 것이 아마도 교과서적인 높은 형량을 보인 것이 아닐까.

피고인은 이번 기회에 자신의 정신에 대한 진단과 상담치료로 그가 출소 후에 살아가면서 더 이상 도둑질을 하지 않았으면 하는 바람을 간곡하게 부탁했다. 애석하게도 지난 수감생활 중에 공주감호소에서 1개월 동안 검사한 결과 정신에는 이상이 없다고 나왔다고 하니 참 안타까운 일이다.

변호사가 강력하게 피고인을 진술하는 태도는 '법은 정의가 아니다'를 저절로 실감하게 했다. 어떠한 적절한 말로 변호를 해야 되는지 고심의 잔물결이 눈가에 일렁이고 있었다. 훌륭한 변호사라면 저렇게 해야 하는구나를 알게 해주었다. 아, 그렇구나! 이론과 실제는 다른 것이 현실이구나. 죄가 깊은 곳에 은혜가 컸으면 했다.

겨울을 지나고 피어난 꽃을 보고 아름답다고 하지 않을 사람이 있겠는가. 살랑거리는 봄바람이 유난히 차갑게 느껴졌다.

무말랭이 삶같이

소슬바람에 벼이삭이 춤을 출 때면 멀리서도 알알이 여물어 가는 소리가 들리는 듯하다. 그 바람이 참나무 숲을 흔든다. 도토리가 탁 소리를 내며 또르르 구른다. 가을 산기슭 가까이에는 하얀 몸매를 드러낸 무밭고랑이 있어 정겹다. 한껏 무가 싱싱하게 잘 자란 것을 보고 남의 눈을 피해 무 한 자루 쑥 뽑아 먹던 철없던 그때를 생각하니 부끄럽다.

한겨울 눈 내린 긴긴 섣달 밤이면 무 구덩이에 가서 짚단 마개를 열고 연두색 무청이 나있는 무를 꼬챙이로 꺼낸다. 그 무를 어적어적 씹으면 저녁 밥상에 짭짤하게 끓인 된장국으로 인해 물이 먹고 싶던 것이 가셔진다.

낙엽이 우물물에 놀러 올 때쯤이면 기숙사 김장을 하고 남은 것으로 무말랭이용 무를 썰어 방에 있는 보일러 실린더 위에 널어 말린 적이 있다. 하룻밤 사이에 그 서걱거리던 물기가 싹 빠지고 배배 꼬인 무말랭이가 되지 않았던가.

무말랭이는 향수가 녹아있다. 가을이면 삼동을 나기 위해 어머니는 무를 검지 크기로 썰어 멍석 위에 넣어 볕살로 말린다. 가난하던 그 시절 무말랭이를 한 움큼 입 안에 넣으면 심심하던 입 안이 동그라미를 그린다.

무를 여남은 개나 썰어서 말리던 이웃집 아주머니는 거실 마룻바닥에 보일러를 틀어서 말린다. 뒤적이는 손끝에는 자식에 대한 애틋한 사랑이 오고 간다. 갓난아기 돌보듯 온 마음을 다한다. 손자들에게 그것을 간식으로 줄 생각을 하니 그들의 해맑은 눈망울이 아른거린다고 하던데.

어느 날 저녁 무를 채 썰어서 작은 대나무 소반에 넣어 방바닥 위에 놓는다. 무채를 곱살스럽게 들여다본다. 채로 썬 중에서 굵게 썬 것은 빨리 마르기가 늦다. 반면 가늘게 썬 것은 말라가는 자태가 남달라서 어느 사이에 꾸덕꾸덕해진다. 젓가락으로 이리저리 뒤적여 놓는다. 남편은 아침이 되면 무말랭이 소반을 베란다로 외출을 보낸다. 해 질 녘이면 소반을 방으로 들여다 놓으면서 "사람이 젊었을 때는 건강하다가 나이 들면 볼품없이 되듯이 무말랭이도 사람과 같구나!"라고 말을 건넨다.

이틀이 지나고 나니 무채의 물기가 쏙 빠진 것이 확연하다. 매우 싱싱한 무채를 널 때는 물기가 더러 한두 방울 떨어지기도 하더니만. 하룻밤 지나니 다르고 이틀 밤 지나니 더욱 오그라들어 오그락지가 되어간다.

우리네 몸도 젊은 시절엔 잘생긴 무처럼 보기도 좋고 얼굴에 화색도 돌지 않던가. 중년이 훨씬 넘어보니 누구나를 막론하고 기력이 떨어진다. 주름살이 늘어가는 모습과 무채가 말라가면서 그 변화되는 모습이 오버랩된다. 무말랭이의 생애와 인생살이가 별반 다르지 않은 것 같으니 그 순간 삶이 허무하게 느껴진다.

잘 말려진 무말랭이에 갖은양념을 넣어 버무려 놓는다. 조금 전까지만 해도 꼬들꼬들한 무말랭이가 저렇게 화려한 빨강 옷을 갈아입고 있다니! 가느다랗게 말라비틀어진 모양은 온데간데없다. 중년 이후의 삶에서 나이 먹어 가는 것에만 서러워할 것이 아니라 저렇게 갖은양념으로 요리를 하여 남 보기에 맛있게 보이면 되겠구나 하는 새로운 시선이 전신을 휘 돌아친다.

노년에는 젊은 시절에 밴 자기 모습에다가 어떤 양념을 하면 더욱 맛있어 보일까? 상대방을 배려하는 것, 남의 말을 잘 들어 주는 것, 친구가 부를 때 만사 제쳐두고 나가 주는 것, 먼저 말 걸어 주는 것, 먼저 웃음 보내는 것, 칭찬해 주는 것, 배우자를 있는 그대로 봐주고 존중하는 것, 특별히 나를 알아주지 않아도 서운해하지 않는 것 등의 갖가지 양념들을 넣어 싹싹 버무려놓으면 달달하면서도 매콤한 향이 양 눈 밑을 오고 가겠지.

세월이 가더라도 무말랭이 김치같이 맛깔스런 그런 삶의 편린들이…. 고개 숙인 벼 이삭이 알알이 여물어 가는 가을에 무말랭이를 넣어놓은 위로 빨간 고추잠자리가 살포시 앉는다.

맨홀뚜껑

바람이 분다. 아래를 보고 걷는다. 땅을 한참 내려다보다가 고개 들어 싱그러운 하늘을 보면서 구름에 실려 가기도 해본다. 늘 나무와 이야기하고 다니기만 했지 길을 걸어도 맨홀을 안중에도 없었다. 별로 주목도 받지 않지만 변함없이 그 자리에서 꿋꿋하게 자기 자리를 지키고 있다. 지나간 세월 동안 무수한 사람들의 발자국이 지나갔어도 흔적은 어디에 있으려나 살핀다.

아래에서 자기 본분을 다하고 있다. 비가 오면 깨끗하게 씻기기도 한다. 스스로는 자정을 거의 못 한다. 눈이 오면 그때나 하얀 솜이불로 치장을 해본다. 그렇지만 그것도 아주 잠시이다. 눈이 어느 곳보다 빨리 녹는다. 바람이 심하게 불어올 때면 갈색 낙엽이 그들 위를 덮어주기도 한다. 그러기 이전에는 맨날 맨몸으로 부끄럽게 지낼 수밖에 없다. 사람들은 맨몸을 가엾게 여기지도 않는다. 어떤 멋쟁이가 맨홀뚜껑에 낀 구두 굽을 빼내려고 빠르

작거리다가 그만 넘어진다. 마음은 투덜거린다. 그들 때문에 새로 산 구두가 얼마 신지도 못하고 상처가 났다.

맨홀뚜껑은 긴 사각형, 정사각형, 둥근형, 둥그스름한 타원형으로 되어 있다. 크기도 긴 것도 짧은 것도 둥근 것도 큰 오버 단추 같은 작은 것도 있다. 관심이 없을 때는 하찮은 것으로 보이던 것이었다. '전화'라고 쓰여 있는 긴 사각형 맨홀뚜껑은 내 걸음으로 30보마다 하나씩 있기도 하다. 일본에서는 언제부터 맨홀뚜껑이 별 모양, 꽃 모양 등으로 더욱 섬세하게 되어 있다. 게다가 여러 가지 색깔로 치장하여 땅에 있는 작은 것에도 아름다움을 표현했다고 한다. 우리도 더러는 맨홀 주변에 노란 페인팅을 해 놓은 곳도 있다. 더러는 연한 보랏빛, 아니면 연한 파란색이 칠해져 있는 것이 눈에 들어온다.

얼마 전에 티브이에서 마침 맨홀뚜껑을 만드는 주물회사에서 땀을 뻘뻘 흘리는 아저씨를 보았다. 그 뚜껑 하나를 제대로 만드는 공정은 남다른 애정이 없으면 힘들고 더워서 해내기가 힘들다고 한다. 이런 것들에 대한 고마움을 생각해 본 적이 있던가? 그분은 그런 뚜껑을 만들면서 아마 인생이란 이렇게 공을 들이지 않고는 되는 일이 없음을 깨닫지 않았을까 짐작이 가고도 남는다. 이런 일이 힘들지만 그것이 쓰일 것을 생각한 것 같다. 몸체가 있으나 뚜껑이 없다면 완성이 되지 않는다. 뚜껑은 말한다. "길 가다가 더러 둥근 것도 있고 사각형도 있는 곳을 밟으면서 이왕이면 나의 존재를 있는 그대로 존중해 주고 가면 될 것이요. 그래도 우리가 있어서 이 세상을 편하게 더불어 살아갈 수 있지 않던

가요."

맨홀은 지하에 묻어 놓은 하수관이나 오수관 등의 시설물을 점검하거나 청소할 때 사람이 드나들 수 있도록 만든 구멍이다. 그것 위에는 통신, 오수, 상수, 도시가스, 하나로 텔레콤, KT, police 등등의 간단한 글자가 적힌 뚜껑이 있다. 방사형과 일직선 사방 무늬도 곁들여 디자인돼 있어 그나마 단조롭지 않다.

가을이 다 지나갈 무렵 길에 나가면 맨홀뚜껑을 열어놓고 아저씨들이 작업하는 장면을 더러 본다. 그 뚜껑의 모양이 둥근 것은 그곳에 들어가는 사람의 몸이 원통형에 가깝기 때문일 것이라고 한다. 한편 무거운 맨홀뚜껑을 운반할 때 원형은 굴릴 수 있으므로 편리하다고 하고. 둥근 것이 우주의 근본원리라고 듣지 않았나. 사람이 들어가야 하는 그곳도 그런 이치가 담겨있기도 한 것 같다.

친절하게 뚜껑에는 손잡이도 더러 있다. 맨홀만 있고 뚜껑이 없다면 어떨 것인가? 뚜껑으로 인하여 완성되는 그 무엇이 우리 삶에서는 무엇이 있을까 생각에 잠긴다. 나를 덮고 있는 뚜껑은 어떻게 비추어지고 있을까? 겉으로는 나를 덮어주는 옷, 모자, 신발, 장갑, 머플러가 있다. 내면으로는 힘든 마음을 보듬어줄 뚜껑, 배려의 뚜껑이 없이 되는 대로 내 마음이 돌아다닌다면 누군가에게 가슴이 서늘하게 할 수도 있을 것 같다. 마음의 뚜껑을 한 번씩 열어 보면서 서러움이 북받쳐 있진 않은지, 미움이 가득 붙어 있지나 않은지 나 스스로를 어루만지는 그런 시간을 가져서 삶의 의미를 새롭게 찾으면 좋을 것 같다.

뚜껑 한 번 닫았다고 그냥 놓아두니 어떤 때는 시기, 질투의 곰 팡이가 가득하다. 막혀서 통하지도 않는다. 마음의 물이 둥그런 원을 그리며 이리로 저리로 왔다 갔다 하는 것이 되어야 숨통이 트일 것 같다. 혹여 누군가가 숨기고 있는 마음을 들여다보지 않았겠나? 그냥 닫아만 놓고 무심하게 살고 있었다. 그동안은 소홀했더라도 배려와 감사로 씻어진 뚜껑이 잘 닫아져 있어야 마음의 맨홀이 잘 지탱하게 됨도 조금은 알 듯하다. 맨홀뚜껑이 제자리에서 흔들리지 않고 지키고 있는 것처럼 그런 삶을 구가할 수 있을까. 바람이 불어온다. 낙엽으로 덮인 맨홀뚜껑이 제 모습을 단장하고 있다. 내 뚜껑은 어떻게 보일까?

5부

영혼의 산그늘

군자란

　　　겨우내 잉태한 꽃자루가 진초록 잎사귀 사이로 올라오는 힘이란 어디서 오는 것일까. 그것은 땅속 깊이 뻗은 뿌리에서 밀어내는 것이 아닐까. 여인의 아랫도리에서 나오는 신생아의 몸뚱이와 비교하면 웃음이 나온다.

　난 중에 제일로 손꼽는 수선화과 식물인 군자란은 늘 푸르게 여러 해 동안 자라는 식물이다. 길쭉한 잎이 좌우 양쪽으로 갈라져서 위로 꽃자루가 길게 올라와 있고, 꽃이 둥글게 젖혀진다. 꽃줄기 끝에 깔때기 모양의 주황색, 그 꽃은 이 작은 가슴에 환한 불을 피워준다. 꽃이 피면 정원의 밝은 등불이 되기도 한다.

　탐스런 그 작은 꽃은 스무 송이가 모여서 한 송이의 면모를 갖춘다. 집집마다 이른 봄이면 초록빛 잎사귀 아래에서 붉디붉은 꽃대가 쏘옥 얼굴을 내민다. 그 꽃은 여러 형제가 한마음으로 단합된 것을 느끼게 하는 돈독한 형제애를 상징한다고나 할까. 창문 가까이에 다가가면 꽃들과 듬뿍 사랑을 나누게 된다. 그들의 모습으로 집안 정경이 봄내 화색이 돈다고나 할까.

올해는 네 개의 꽃자루가 자랑을 늘어놓으며 봄 잔치를 한다네. 인생은 살면서 자기의 기량을 한껏 뽐내지도 못하고 살아가는 경우도 있다. 여러 꽃송이를 잘 받쳐주는 꽃자루라 하지만 꼿꼿하게 서 있기란 만만치 않은가 보다. 가느다란 막대기로 받쳐준 덕분에 꼿꼿하게 서있는 그 꽃들은 사람들이 바라는 군자의 덕목을 보여주는 듯하다.

때로 화단에 물을 주다가 그들을 본체만체하면 투정을 부리는 것 같다. 꽃이 잘 피어 한참을 보여주려면 지주의 역할도 있어야 할 것 아닌가. 우리 집의 지주는 누구인가? 아버지가 지주인 집이 대부분이고. 요즈음 한 부모 가정은 어머니가 지주가 될 수 있겠지. 아니면 홀로 단독세대주로 사는 사람들은 그 자신이 지주이다.

홀어머니는 "애비 없어서 저렇게 되었다."라는 말을 듣기가 싫어서 더욱 자식을 강하게 키운다. 힘든 환경에도 적응을 하려면 몸체가 튼실해야 한다. 군자란이 몇 년 동안 아기를 낳아서 4개의 화분으로 자리하고 있다. 재작년에 분가한 아직 아기티를 벗어나지 못한 군자란은 올해에는 결혼을 하려나 기대도 해 본다.

잎이 너무 무성한 나머지 꽃자루가 올라오는 길을 두꺼운 잎이 가로막았다. 글쎄 꽃송이가 검게 썩어가고 있네. 아린 가슴으로 일주일을 지켜보며 살아나기를 기다려 본다. 어느 날 그 옆 잎사귀 사이로 다른 꽃자루가 꽃송이를 달고 올라오는 것이 보인다. 조마조마했던 마음이 사라지고 안도감이 가슴을 데워준다.

왜 군자란이라고 했을까? 20개의 꽃송이가 모여서 하나의 웅장한 꽃을 만든 자태는 어떤 어려운 상황에 처하더라도 군자의 갈 길을 가겠다는 당당한 의지의 징표 같기도 하다. 그 꽃송이는 하나의 오롯한 꽃으로서의 위풍당당함을 맘껏 보여준다. 짙푸른 잎 틈새로 올라오는 그 생명의 힘에서 축 늘어졌던 어깨에 생생한 근력이 붙는 듯하다. 아스파라거스의 하늘하늘한 잎들은 군자란 꽃송이를 살포시 어루만지러 가까이 다가온다.

살아오면서 화가 날 때면 '내가 뭐 성인군자인가.' 라고 스스로 질문을 자주 던지면서 위로했다. 이제는 성인군자보다 군자란이라고 말해보는 것이 더 나을 것 같다. 이제 봄도 차츰 야물어 간다. 한차례 봄바람도 지나갔으니 군자란의 꽃은 오랫동안 3월의 여왕으로 화단에서 영화를 누릴 것 같다. 인고의 세월을 견뎌낸 그 꽃이 피어있는 내내 주홍색 기쁨이 행복을 노래하네.

둥근 것으로

남방 하면 체크무늬가 떠오른다. 대개의 물체는 곡선보다는 직선으로 만들어져 있다. 고등학교 시절에 울긋불긋한 단풍 색깔의 가을 남방을 입고 젊음을 발산했다. 그 당시에 컬러풀한 옷을 내 몸에 주저하지 않고 용기 내어 선사했기도 했다.

몇 년 전 여동생이 하늘색 남방을 주었다. 하늘색 자체는 아주 청량감을 준다. 뙤약볕 아래에서 보는 이의 눈을 시원하게 한다. 전체적인 분위기로는 아기자기한 멋이 없어 선머스마 옷 같기도 하다. 직선에다가 무늬도 장식도 없는 단조로움이 내 맘을 사로잡지 못한다. 게다가 옷 전체 길이는 길고 팔소매까지 역시 길어 나의 우아한 취향과는 영 안 맞다.

작년에 한번 그것을 입어 볼까 해도 여성스럽게 보이는 것과는 거리감이 있었다. 우선 남방 길이를 줄이고 칼라에 작은 꽃수를 놓는다. 항상 반짇고리에는 옛날 구정 뜨개실이 있어 마음만 먹으면 바로 수를 놓을 수 있다. 길이를 줄이는 것은 단을 접어 코바늘로 그 위에 체인스티치로 수놓는다. 그렇게 마무리를 해 놓고는 옷걸이에 걸어둔다. 한 번 두 번 눈길을 자주 보낸다.

젊은 나이에 시집을 온 올케는 여름이면 시동생과 시아버지의 들일에서 해어진 바지를 재봉으로 누벼대곤 했다. 장롱 안에 있는 한복을 뜯어서 시누들에게 민소매 남방을 만들어 주기도 했지. 그것이 그때는 유일하게 돋보이는 옷이었다. 올케언니 덕분에 재봉바느질이 익숙해졌다. 게다가 해어진 양말을 잘 꿰맨 덕에 손바느질 손놀림은 재바르다.

우리 집에는 재봉틀은 없다. 손으로 주로 바늘땀을 이어간다. 여름이 되어 옷걸이에 하늘색 남방을 또 꺼내 놓는다. 그 남방을 입어 보려고 안간힘을 쓴다. 소파에 앉아 그 남방에 수시로 눈길을 돌려 이야기를 한다.

어떻게 해야 너를 촌스러운 것에서 변신을 해 볼까나. 귀엽고 여성스러움으로 말이다. 요즈음에 옷들은 거의 레이스를 달았고 좌우 대칭이 안 되는 옷도 태반이다. 그런 것들을 눈여겨보니 멋이 없는 옷을 변신하기에 자신감이 생긴다.

몇 년 지난 옷만 입으니 그것 또한 시대감각이 뒤진 사람으로 보여 마땅치가 않다. 언밸런스인 옷을 입어야 요즘 사람 같아 보이니 원 참! 유행을 찾는 것을 보니 나도 별반 다른 사람과 다를 것이 없다.

아침드라마를 보니 주인공 티셔츠의 가슴선 처리가 예사롭지 않다. '저것이다.' 금방 남방을 가져와서 그 선과 비슷하게 수를 놓는다. 작년에 겨우 칼라에 꽃잎 세 개를 연속무늬로 하여 수를 놓고 걸어 두었다. 오늘은 젖가슴 파인 곳에서 둥근 선으로 시작하여 양쪽 어깨선까지 둥근 것을 이어지게 한다. 그것과 더불어 양 가슴에 있는 사각형 주머니에도 작은 둥근 선으로 바늘땀을 이어간다. 양 소매는 고무줄을 넣어 약간 우글쭈글하게 변화를 준다. 금상첨화이다. 누가 뭐래든 나의 입꼬리가 한껏 올라간다. 남편은 "매일 하나씩 해 봐라." 한다.

그날 모 학교 강의 갈 때에 둥근 선을 수놓은 남방을 입었다. 같이 간 선생이 그 남방 색이 아주 잘 어울린다고 한다. 둥글게 스티치한 것이 눈에 안 들어오는가 보다. 집에 오자마자 어제 한 줄의 선만으로 수놓은 것에 보태서 두 줄 선으로 더 뚜렷하게 변화를 준다.

멋스럽게 변화를 주기 위해서 머릿속에서는 그 모습을 펼쳐놓고 여러 가지로 궁리를 해댄다. 다음 날 새벽에는 일어나자마자 밤새 꿈꾸던 묘안이 생각나서 반짇고리를 연다. 이미 줄여놓은 아랫단의 선이 있는 부분에서 2센티미터 부분에 칼라에 수놓은 것처럼 꽃잎 3개씩을 돌아가며 수놓는다.

이제야 동생이 준 남방이 입고 나가도 괜찮은 것으로 변신을 했다. 남방의 멋스러워짐이 가로수 전봇대에 "올 수리"라는 전세방 놓는 광고와 맥이 같지 않을까? 사람도 살아가면서 그때에 맞는 사고의 변신을 하여야 하는데. 주름살을 펴는 성형도 하여 젊은 인상을 만든다고 하고. 보기 좋은 인상을 만들어 회사 취업 인터뷰에서 높은 점수로 직장의 문을 열려고 한다. 그래도 취업이 어렵다니!

나이가 들어가면서도 아름다움을 그대로 유지하기 위한 처절한 몸부림일까? 아니다. 생활의 절약이다. 옷에 대한 나의 집착은 쉽게 버리지를 못한다. "제발 안 입는 옷은 버리든지 누구를 주든지 해라."고 남편은 한 번씩 말하곤 하나, 일언반구 대꾸도 없다. 이웃 형님의 친한 사람은 해어진 옷도 아까워 못 버리고 그것을 가위로 잘라 베개 속을 넣어 사용한다고 한다네! 어린 시절에 보아왔던 어머니 삶의 모습을 나도 모르게 닮아서 하고 있다. 시간이 지나면서 모가 난 것을 다듬는 애씀이 둥글게 만들어 간다니.

중년을 넘어서는 사람들이 외모의 변신으로 다른 사람들에게 섞인다. 옛날 생각과 행동으로 그 자리에 머물면 주변 사람들에게서 더러는 손가락질을 받는다. 생각 변신으로 식구들과 이웃들이 더 행복하고 편안해지는 것이 바람이다. 나이가 들어도 마음에서 둥근 선을 그리는 연습을 하면 좋지 않을까. 서로의 마음을 할퀴는 일이 적어야 할 텐데.

미틈달에 서서

　　　　　　　　깊숙이 다가온 가을 탓에 바람이 차다. 부쩍
쌀쌀한 데다 아침저녁 마음까지도 소연하다. 중년에 기쁨이란 새
록새록 만들어 가지 않고는 저절로 생기지 않는가 보다. 더러는
벌써 가지만을 남기기에는 이르다 싶은 그 넓은 잎을 가진 오동
나무도 가지만의 위용을 여봐란듯이 보인다. 저쪽 늦가을의 들판
에는 초록이 가고 갈색 단풍이 바래간다.

　11월은 가을에서 겨울로 접어드는 틈새의 달이다. 음력으로는
동짓달이다. 동지섣달에 김치 곽을 연다. 동치미 한 그릇 떠와서
살얼음 걷어내고 어구적어구적 씹어 먹던 일.

　미틈달은 모든 생물들이 겨울을 새러 들어가는 겨들달이라고
도 한다. 늦가을의 상징인 노란 산국이 된서리 내릴 때까지도 꿋
꿋하게 피어있다. 산국이 있어 스산한 내 마음이 미소를 짓는다.
가을걷이를 얼추 해놓고 김장을 담그던 우리 집에서는 바깥마당
자락의 밤나무 잎들이 개울물에 그림을 그린다. 낙엽 위로 흐르

면서 낭만적인 시낭송을 하는 것 같다. 그때는 솔바람이 불기도 한다. 논밭에는 맨땅의 황토색 들녘이 황량하다. 소슬바람은 사람의 마음까지도 파고들어 따뜻한 온돌방이 꽤나 그리워지기도 하지 않았던가.

요즈음 11월에는 빼빼로 데이가 있어 아이들 몸은 살찐다. 내 영혼에 편안함을 느끼면서 행복을 노래하면 내 마음도 살이 찌겠지. 더구나 아침잠에서 깨면 한구석이 텅 빈 것같이 허전하다. 허한 심정을 달래려고 나에게 자성예언을 한다. "오늘은 좋은 날, 나는 기쁘게 살련다. 그리고 감사합니다." 새벽부터 큰 소리로 외친다면 누군가는 미친 짓이 아닐까 하겠지. 그렇게 그 시간에 작은 속삭임으로 아침 선물을 자신에게 준다.

12월보다도 11월에는 지나간 달을 하나하나 돌아보고 생각할 시간이 있어 좋다. 바둥거리던 10개월 동안 나는 무엇을 하며 살아왔나, 연초에 생각하고 마음먹었던 것들을 이루고 살았나! 등을 물어본다. 남은 2개월이 올해 내내 살아왔던 시간들보다 더욱 의미가 있는 삶이 되기를 스스로 다짐한다.

그 전의 열 달을 그럭저럭 살아왔더라도 허둥대지 않으련다. 내면의 나에게 다독이며 차분하게 이야기 나눈다. 진부한 것은 멀리하고 은행나무 낙엽이 드리워진 뜨락에서 가을의 오케스트라에 귀 기울인다. 안개가 자욱한 어느 가을날에 어머니는 고추 멍석이나 나락멍석을 내어 널었다. 거지반 10시가 넘어야 붉은 해가 마당에 내려온다. 채마를 팔러 가려는 어머니는 자못 해가 빨리 마당에 내려오지 않는다고 안달방아를 찧는다. 어린 시절 아버지와 함께 이불보따리를 이 손 저 손 번갈아 들어가면서 한 시간여 동안 시내로 내려온다. 동해에 있는 큰오빠 집에 가는 설렘에 힘든 것도 거뜬히 참아낸다. 양 눈썹에는 은빛안개가 내려앉는다.

가을에서 겨울로 가는 계절의 변화가 있기에 우리나라에서 살아가는 것이 맛깔스럽다. 계속 여름만 있는 어느 나라에서는 한겨울에 입는 밍크코트를 입고 싶어 하는 멋쟁이들이 실내에서 에어컨을 한껏 틀어놓고 입기도 한다네.

1월은 해오름달로 새해 아침에 힘 있게 오르는 달, 2월은 시샘달로 잎샘추위와 꽃샘추위가 있는 겨울의 끝달이다. 새로 맞는 봄 3월은 물오름달로 뫼와 들에 물이 오른다. 4월은 잎새달로 물오른 나무들이 저마다 잎을 돋우는 달, 5월은 푸른달로 마음이 푸르러 모든 사람들의 달이기도 하다. 어느덧 보리가 누렇게 팬 6월은 누리달이며 온 누리에 생명의 소리가 가득 차 넘친다. 7월은 견우직녀가 만나는 아름다운 달, 8월은 타오름달로 하늘에서 해가 땅 위에서 가슴이 타는 정열의 달이다.

그 폭염의 여름이 가고 9월은 열매달이다. 가슴마다 결실의 모습이 조록조록 달린다. 10월이란 하늘을 연 달로 밝달, 뫼에 아침의 나라가 열린 달이다. 미틈달은 가을에서 겨울로 치닫는 11월이다. 그리고 12월은 매듭달로 마음을 가다듬는 한 해의 끄트머리 달이다.

글을 쓰는 사람들에게는 가을과 겨울을 읊은 편린들이 쌓여간다. 가을볕 아래에서는 인생의 덧없음을 한탄만 할 것이 아니다.

노년의 나는 어떻게 살아야 할까. 나는 누구인가, 나는 왜 사유하는가? 삶을 음미한다. 11월, 외로운 삶을 어떻게 하면 혼자 음미하면서 살아갈까? 미치게 그리웠던 그날을 들추어 보고프다. 그런 날들이 많이 있도록 추억 만들기에 게으르지 않으련다. 멀리 논배미를 바라본다. 추수한 볏짚 사이로 참새들이 들락날락하며 숨바꼭질하고 있네. 어린 시절 친구들과 한 놀이장면이 그려진다.

이 세상에는 황새도 적지 않지만 뱁새도 많다. 황새의 삶도 뱁새의 생활도 나름대로 의미를 지닌다. 누렇게 빛을 발하는 알큰한 가을 풀 향이 콧구멍을 간질인다. 노란 뚱딴지꽃들이 이곳저곳에 흐드러져 소슬바람에 너울거린다. 눈길이 머문다. 발길도 따라서 말없이 그곳에 머문다.

사십구재와 영혼

　　　　　　계곡의 버들가지가 은빛 고개를 쏘옥 내민다. 지리산으로 가는 자드락길에는 뽀얀 흰 눈송이가 마파람에도 끄떡없이 달려 있지 않은가. 곡성에 있는 연화사에서 마지막 재를 한다. 시누이 세 명이 마음을 모은 불심이다.

　시어머님은 사는 동안 사월 초파일이면 매번 절에 다녀오시곤 했다. "젊은 여자들이 절에 와서 불공을 드리는 것을 보니 매우 부럽더라?"라고 며느리가 절에 같이 가지 않은 것에 대한 불만을 가끔씩 토로하곤 하셨지만 일언반구도 하지 않는 멋없는 나였다.

　여스님이 먼저 부처님께 불공을 한참 올린다. 30여 분을 드리고 나서 어머니 마지막 재를 시작한다. 스님은 시댁 형제들의 이름을 넣어 순서대로 불경을 왼다. 다른 스님은 요령을 울리면서 영혼을 잠재운다.

　연화사 주변 솔수펑이에는 갈참나무, 상수리나무의 낙엽들이 소복하게 쌓여서 푸른 솔잎을 받쳐준다. 지난해 연말에는 그렇게도 죽음이 두려워 전전긍긍하던 시어머니의 죽음을 맞이했다. 어찌 그리 근심걱정일랑은 혼자 다 짊어지고 있던지, 오늘은 둘째 딸 걱정, 내일은 막내딸 걱정, 큰 몸체와는 어울리지 않게 걱정으로 그득하였다. 가물에 콩 나듯 가끔 히죽이 웃는 그런 회색빛 삶이었다.

시어머님의 걱정 보따리를 볼 적마다 '나는 나중에 허허대면서 웃고 놀러 다니고 살 거야.' 라고 다짐을 했다. 류머티즘 관절염도 있긴 하지만 어지간히도 집 안에서만 지내는 것이 다반사였으니까. 나들이라고 가는 곳이 유일하게 큰딸 집인데 딸네 집에 가서 하룻밤을 묵고 오는 때가 없었으니. 가까이에서 시어머님의 극진한 사랑은 아들과 남편이 독차지했다.

우리나라 전통 상례법에는 49재가 없다. 흔히 49재를 치러 주는 것이 도리인 줄 안다. 49재의 기본정신은 영가를 천도하여 부처님의 나라로 인도하는 것이다. 부처님께 예배 공양을 하여 고인의 영혼을 빌어 주고 유족들도 할 일을 한 것으로 위안을 삼으면서 사는 것이 아닐까?

입하의 초여름 날 해거름에 앞마당에 진한 수박색을 띤 호박 잎사귀가 더위를 식히고 있었다. 대문을 들어서는 나는 단숨에 한 움큼 그 호박잎을 땄다. 그것을 본 시어머님은 "입하가 되기 전에 호박잎을 먹으면 딸이 못 산다."고 내 손에 들려진 그 잎을 매몰차게 빼앗았다. 속은 부글거리지만 눈을 흘기는 어른의 말씀에 거역하기에는 마음이 내키지 않았다.

49재의 마지막 재를 지내는 동안 영혼이 살아서도 맑아야 됨을 가슴 깊은 곳에서 살며시 꺼내게 됐다. 온갖 시기와 질투 속을 헤집고 살아오자니 그을음으로 가득 찼던 영혼. 그 덕지덕지 때가 낀 영혼을 씻어내어 깨끗한 영혼으로 단장을 하고 싶다.

삶이란 사람들 간의 얽히고설킨 고통을 누군들 피하겠느냐만. 탐하고, 성도 잘 내고, 자기만의 아집에서 떠나야겠지. 욕심이 병을 낳는다. '이것도 잘하고 저것도 잘하고'가 아닌 보통의 삶이었지만 혼탁한 영혼이 되고 말았다.

이삼 년 전부터 '영혼이 아름다운 삶을 살아 보련다.'고 뇌까리면서. 육신은 이제 차츰 기력이 떨어져 간다. 팔팔하던 시절 허둥거리며 살아갈 때는 영혼이란 것은 안중에도 없었다. 내 몸이 병들고 나니 깊이 사색하게 하는 마음 밭 한 귀퉁이에 영혼이 아름다운 삶의 씨앗을 한 알 두 알 뿌린다.

어느 날에는 잠에서 깨어났더니 마음이 몹시 서늘하였다. 어떻게 해야 이 마음을 보듬어 주겠나? 마음속에 속삭이며 아침을 맞을 때가 자주 있었다. 심부에서 내 영혼의 새싹이 고개를 들 때 조용하게 원을 그리는 그 향기를 발하고 싶은 것이 아닐런가.

빛깔도 없고 그윽한 향도 없고 그 마음을 찾아 매일 매시간 방황하는 그것에서 탈피할 수 없다. 마음을 잘 씻어주는 그런 습관을 길들이련다. 주홍빛 왕원추리꽃이 무리 지어 피어 있는 그 산길로 가서 솔잎 향에 코를 대고 귀 기울이며 말이다. 산기슭을 지나가는 봄볕은 샛노랗게 물들고 멧비둘기의 '구구' 소리가 온몸을 휘감는다.

오늘따라 시어머님이 대문을 바라보며 손자가 학교에서 돌아오기를 기다리던 생전의 마음을 들여다보는 듯하다. 묵묵하고 근심이 떠날 줄 모르던 어머님이 이제는 호박덩굴 사이로 둥그런 달빛이 되어 비추어 주시겠지.

옥상에 된장항아리, 낡아진 빨랫줄도 주인을 보냈다. 초저녁 은은한 분꽃 향을 맡고 있자니 어머님의 향이 스며 나오는 듯하다. "살아 있는 동안 어머님께 잘 못 해드려서 이제야 많이 죄송하다."고 말한들 입에 발린 소리로밖에.

절 방을 나온다. 빗방울이 담벼락 기왓장에 쪼르륵 굴러떨어진다.

귀가한 빨강 가방의 영혼

책가방이 한쪽 팔과 어깨에 매달려 간다. 빨강 가방이 같이 가야 된다고 추파를 보낸다. 그 팔과 어깨가 억누르는 고통에서 헤어난다. 기다림을 즐거워해야 할 버스정류장이다. 여유를 가지면 누가 뭐라고 하나. 조금 전에 전화 받은 것을 빨리 처리하려니 마음이 급해진다. 스마트폰에 두 손가락이 왔다갔다 전화번호를 찾는다.

부리나케 버스에 올라가 앉는다. 더 많은 정보를 찾고 싶다. 잠시 옆을 두리번거리니 빨강 가방이 없잖은가. 아! 거기 두고 왔네! 마침 버스가 신호 대기 중이라서 내렸다. 택시를 타고 다시 그 의자에 가보았으나 허탈한 마음만 그득할 뿐이다. 그럼 그렇지! 무엇이 그리 급한지 쯔쯔! 전번에도 머플러, 모자도 잃어버리곤 했던 덜렁이다. 아픈 마음을 달래기 위해 체념을 빨리 하려고 애써도 "그 가방에 들어있는 소중한 자료들이 없어져서 어떻게 하지!" 걱정에 걱정이 저녁 내내 사라지질 않는다.

수첩은 매달 스케줄과 영양가 있는 좋은 글, 상담에 대한 주옥 같은 글 등이 빼곡하게 적혀 있다. 독서치료 활동하는 도서관에서 빌린 동화책도 주인을 잃어버린 꼴이 되고. 바로 가서 면접상담을 할 사람의 자료도 떠나갔다. 빌린 책은 돈을 물어주어야 된다. 여간 마음이 쓰린 것이 아니다. "내가 누군가에게 보시했구나." 그동안 적선을 하지 않고 살다 보니. 그것이 꼭 필요한 사람이 가졌으면 아주 좋은 일이겠지. 불안한 마음을 이렇게나마 달래본다.

상담할 때는 자료가 꼭 있어야만 하는 것이 아니다. 독서치료하러 가서는 그 시설에 있는 책 하나를 선정해서 독후활동을 했다. 저녁 내내 수첩에 적은 번호로 소식이 오려나? 기다리는 마음이었으나 따르릉 소리라고 없다. 잃어버렸다 치고 새로운 수첩을 하나 찾아서 기억을 살려 일정을 적어 내려간다. 그렇게 해야 마음이 편하니까. 급한 성격 어디 가나!

다음 날 어둔한 아줌마로부터 잃어버린 가방 전화가 온 것이다. "어머나! 정말 고맙습니다. 어제 잃어버렸어요." 구세주가 나타난 양 기쁨이 솟구친다. 그녀는 장애인이다. 가정법원 앞에서 가방을 전해줄 수 있다네. 배려의 심성 덕분에 애면글면 끓어대던 속마음이 푸근해진다. 전동차를 탄 장애인의 그 따스한 마음과 같이 만났다. 50대 후반인데 여섯 살 때 다리에 화상을 입었고 부모님과 함께 산다고 한다. 마침 오는 길에 샀던 단감 한 봉지를 손에 안겨준다. 극구 사양하려고 한다. 가방은 전동차 손잡이에 매달려 땅에 질질 끌려 한쪽 밑에 귀퉁이가 거무튀튀하게 지저분

해졌다.

　주인의 침착하지 못한 성격 때문에 하마터면 주인을 멀리하고 떠났을지도 모른다. 주인과 말 한마디 못 하고 떠나는 속이 어떠했을까. 수첩과 자료들은 아마도 쓰레기통으로 버려지지 않은 것이 천만다행이라고 위안을 한다. 수첩에 쓰인 내용을 요모조모 읽어본 사람이라면 이 사람은 누군가를 상담해 주는 사람으로 여긴 것이 아닐까. 어느새 전동차는 신호등을 건너려고 한다. 한참 동안이나 그녀의 온기는 가시지 않는다.

　빨강 가방은 노심초사 오늘 잠시 가방 주인이 된 분의 손이 들어올 때마다 깜짝깜짝 놀라기도 했을 거 같다. 그 주인이 수첩을 뒤적였다. 그 안에는 작은 글씨가 잔뜩 쓰여 있기도 하고. 매달의 일정에는 노란색 주홍색의 색연필로 밑줄도 그어 놓고. 꽤나 여러 가지 활동을 하는 사람인 것 같은 느낌이 들었을 수도. 동그라미도 크게 쳐 놓기도 하고. 뒤적이다 보니 앞장에는 이것의 주인 전화번호 같기도 한 것이 기다리고 있었다.

　수첩 주인은 동화책에 대해 미안한 마음이 들기도 했다. 혹여 아주 집을 떠나 쓰레기통이라는 곳으로 가버릴까 봐서. 그 책은 생각조차 할 수 없었던 다른 집에 가서 잠을 자다니. 잠자리가 바뀌어서 집에 가고 싶다고 칭얼대지는 않았을까. 그럴 때마다 동화책이 "가만히 잘 자고 내일 아침 일어나자."라고 다독이기도 했겠지. 아마도 가방을 주운 그녀도 가방 주인을 생각하면서 아련한 마음이 들기도 하지 않았을까. 하룻밤이 길게만 느껴졌다.

　빨강 가방이 주인한테 돌아와서는 밖으로 외출하는 것이 두려워서 꼼짝을 안 한다. 얼마 동안 그 아픔을 잊고 나서야 외출을 가 볼까 생각 중이다. 나뭇잎들이 바람 쏘이러 나오라고 속삭이고 있는 것 같다.

숙성

분수가 힘찬 물줄기를 뿜어 올린다. 그 분수의 은 빛깔 물줄기가 따가운 초가을 날의 햇볕을 조금이나마 식혀준다. 처음 대구라는 낯선 도시에 와서 대학을 다닐 때 동촌 포도밭에 갔다. 원두막 아래에서 달콤한 포도를 먹으면서 친구들과 향수를 달랜 적도 있지 않던가. 직장 초년 시절 기숙사 한 방에 살던 동료가 담근 포도주를 한 잔 건넸었다. 냉큼 단숨에 마셨다. 온몸이 자르르 녹아내려 잠이 들기도 했었지.

올여름에 이웃형님 덕분에 오디를 싸게 샀다. 오디를 누런 설탕으로 열두어 시간 절였다. 우리 식구들의 여름 지나기 음료수로 더운 가슴을 시원하게 했다. 오디즙을 담그고 보니 포도주도 욕심이 났다. 포도가 많이 올 때를 기다렸다. 하나의 경험에서 자신감을 얻어 다른 것도 해보는 착상을 실천하는 호기심 또한 내 생활의 활력이다.

여태까지는 그 흔한 포도 하나 사서 담가보지도 못하고 살다니. 벼르던 참에 포도알이 튼실한 것으로 한 박스를 샀다. 살림에 애착을 가지지 못하여 그저 밥과 반찬이나 해먹는 서투른 주부에서 헤어나질 못한다. 매실엑기스 담그는 것이 고작이다.

그렇지만 새로운 반찬이나 건강에 도움이 되는 것을 알게 되었을 때 손쉬운 것은 바로 해 본다. 그것 또한 기쁨 중 하나이다. 한 알 한 알 포도알을 으스러지지 않게 조심스럽게 딴다. 한 알의 포도알이 영글기까지 수많은 손길이 오갔을 농부의 구릿빛 얼굴에 감사한다. 어린 시절 포도농사를 지으려던 오빠와 함께 포도 묘목을 정리하던 때도 아련하다. 포도알 하나하나에 삶의 그리움이 묻어 나온다.

이렇게 잘 익은 포도알이 되기 위하여 포도나무는 온갖 몸부림을 치지 않았을까? 나무들도 영양이 부실하면 꽃을 더디게 피워 나무의 생명을 조절한다고 하는데. 잘 씻어서 물기를 뺀 포도알을 누런 설탕에 절인다. 저렇게 잘 익은 열매도 또 숙성을 해야 하나? 열매로서 족하기보다 더 숙성시키면 다른 상품이 되듯이 우리네 삶도 열매를 맺고서 숙성을 하면 더 풍요로운 인간미가 넘치지 않을까.

이즈음에서도 차근차근하게 한 계단씩 오르는 발자국의 흔적에는 그 무엇인가가 숙성되고 있다. 인생의 행복이 거기에 숨어 있었다. 하지만 가까이에 있는 행복을 찾을 줄 모르고 먼 곳으로 손길을 허우적대는 우리네 욕심은 어디까지인고!

포도알이 숙성되어 가는 것을 보고 싶었다. 담근 지 하루도 지나지 않아 뚜껑을 열어보고 싶었지만 이틀 후에 열어보았다. 아직도 누런 설탕을 그대로 뒤집어쓴 채 있었다. 포도알의 숙성이 그리 쉽지 않은가 보았다. 참다가 열흘 후에 열어보았다. 그제야 한두 알의 포도가 누런 설탕을 겨우 조금 녹였다. 포도알 몇 개가 드러나 보였다. 포도알의 숙성보다 사람들 마음의 숙성은 더욱 더딜 것 같다.

대개의 사람들은 성공했다고 거기에 머무르지 않는다. 더욱 원숙한 인간미를 지니기 위해서 그 성공의 열매를 숙성시키는 각성을 많이 한다. 나 역시 이 정도의 오름에 그치지 않는다. 꼭 누구의 입에 회자되는 가시적인 성공을 추구할 시기는 지난 것 같지만.

그래, "삶이 무엇이던가."라고 누군가가 묻는다면 열매에 머무르지 않고 진액이 흘러나오는 그 숙성을 위해서라고. 이순을 바라보는 이즈음도 새로운 발돋움을 계속 해야 하니! "참 세상 살기가 만만치 않네요." 푸념을 늘어놓는다.

맹지

　　바람이 몰고 오는 솔향기가 번진다. 신작로를 지나다니는 사람들은 한 번씩 소나무가 빼곡하게 서있는 논배미에 눈을 돌리기도 한다. 여름에는 파릇파릇한 이파리로 손짓해주고 가을에는 누런 벼 이삭들이 메뚜기와 같이 익어가던 정경이다.

　그 논이 언제쯤 시부모님 댁으로 왔을까 생각을 더듬어보니 70여 년 전인 것 같다. 그동안 농사철이 되면 힘겨웠어도 우리 시어른들 가족의 식량을 대어주곤 했다. 시아버지가 덜 먹고 절약해서 마련한 논이다. 넓이는 약 천 평 못 미치는 직사각형이다. 그 당시 매우 탐이 나는 논이라고 부러워했다고 한다. 세월이 산업화 시대에 접어들면서 그 논은 농사짓기가 불편하게 되었다. 요즘은 농지가 정리되어 경운기, 트랙터가 들어가서 일을 하고 나오는 풍경들이 제법 많다. 그 논에 벼라도 심으려면 다른 농부보다 먼저 기계를 빌려 논을 갈고 모를 심어야 한다. 그래야 다른 농부들의 잔소리를 덜 들을 수 있다. 농촌에서 흙을 만지며 살아가는 사람들이 자기들의 논을 거쳐서 그 논에 가는 것을 당연시하던 시절이다. 이제나저제나 어쩌면 그렇게도 변하지 않았는지. 그 논 주변에는 다른 지번을 가진 논들이 둘러싸여 농로가 없다. 이런 땅을 맹지라고 한다. 지나가 버린 세월로 그 마을에 토박이로 살면서 농사짓던 사람들은 거의 소나무가 둘러싸인 저세상으로 가 있다. 그들의 자식들이 농사를 지어왔다. 이제는 그들도 무릎이 아프고 다리가 당겨 뒷짐 지고 가슴을 쓸어내며 노년을 보내고 있잖은가? 오며 가며 그 논을 멀리서 쳐다보기만 하는 신세가 됐으니 세월이 언제 이렇게 늙게 만들었나!

다행히도 귀농한 젊은 혈기의 청년들이 그곳 논밭에 애정을 쏟아붓는다. 그 흘린 땀 덕분으로 밥을 먹고 자식 공부 가르치고 부모님 간병비도 낼 수 있는 삶의 밑천이 되고 있다. 처음 만들어진 모양에서 어떠한 변모도 없다. 오늘에 이르고 보니 농지 정리된 논에 비하면 공시지가로 반절의 가격뿐이 못 받는 안타까운 처지가 되었다. 농지 정리를 했다면 두 배로 껑충 뛰어서 자식에게 아파트 한 채는 사줄 돈이 된다고 한다. 값이 두 배로 오른다는 소리를 들어도 누구 하나 나서서 농지 정리를 할 사람이 없는 것이 흘러가는 세월 탓으로만 생각하기에는 씁쓸한 마음뿐이다.

사람도 잘 되기 위해서 갖은 노력과 투자를 하고 있지 않나. 땅도 사람과 별반 다를 것이 없다고 보인다. 일 년 내내 농사지은 쌀로 가족들이 건강을 유지했고 그나마 가용도 조금 보탰다. 그 마을 논임자들은 꾸역꾸역 농사만 지어대고 콩 심은 데 콩 나는 그런 순박한 마음씨들이 많다. 산천은 옛날 그대로인데 우리 어른은 이미 세상을 떠난 지 오래됐다. 몇 년 전에 그 아들은 손자에게 서둘러 증여하였다. 젊은이인들 무얼 알겠는가. 도시에 나가 벌어먹고 사느라고 이런 것에 정신을 쏟을 겨를이 없다. 세월이 흘러가는데 옛날 그대로의 생각을 하고 살면 자식들과 의사소통이나 되겠는가. 아는 것을 실천하고 배우기를 게을리하지 않으니 그나마 자식들에게 덕담이라도 건넬 수 있다.

노력도 하지 않고 지혜가 부족한 사람들을 보고 더러 맹하다는 소리를 한다. 맹한 사람은 스스로가 마음 밭을 가꾸려는 의지가 부족한 사람이지 않을까. 맹지는 논 임자가 농촌이 발전하는데 농지 정리를 할 생각도 못 한 땅이라고 할 수 있겠다. 이들은 나름대로 옛것을 그대로 간직한다는 것이 공통점으로 보인다. 맹한 사람은 사람이라는 것과 맹지는 땅이라는 것이 차이점이라고 생각해 본다. 맹지를 통해서 사람과 자연도 이렇게 같은 점이 있는 것을 알게 되다니! 사람도 자연의 일부라는 말이 이런 것을 두고 하는 말인 것 아닐까. 우리는 타고난 환경 탓이나 운명이려니 하고 사는 경우가 허다하다. 운명도 개척하고 가꾸어야 하지. 맹지처럼 사는 것도 의미가 있겠지만 그래도 세월이 가져오는 변화에 조금이나마 따라가는 그런 삶의 태도를 가지려고 애쓰는 것은 순리에 적응해 가는 모습이 아닐까.

나 스스로 맹지에서 벗어나 삶의 주체가 되어야지 하는 마음이 오늘의 나를 성장하게 한 것 같다. 그래도 일 년에 한두 번씩 명절 때마다 사촌 시숙 집에 들르면 풀이나 솔바람의 향기, 논밭의 흙

냄새, 친척의 포근하고 따스함을 느낄 수 있다. 농촌에서 나서 질곡의 한 세기를 흙과 더불어 사시다가 흙으로 돌아가신 시아버지의 모습이 얼핏 그려진다.

모임과 애완견

　　　　　걸어가면서 친구의 핸드폰 번호를 계속 수첩에서 뒤적여 전화를 했다. "그래, 알았다. 천천히 오려무나." 하얀 애완견 옆을 무심하게 지났다. 순간 갑작스럽게 애완견이 달려들어 내 다리의 정강이 안쪽을 물었다. 깜짝 놀라 바삐 가던 걸음을 멈추고 모직바지를 걷어보았다. 개 이빨 자국이 두 개 나 있고 핏기가 약간 보였다. 애완견은 자기를 무시했다고 야단스럽게 한참을 짖어댔다. 애완견 주인한테 갈까 말까 망설였다. 친구들 모임 시간에 늦지 않으려고 하는 마음이 더 앞섰다.

　어렸을 때 집에서는 개를 잘 키우곤 했다. 큰 개가 되면 개를 팔아 큰 양푼이를 사는 것이 엄마의 살림 일구는 재미였다. 그렇게 개와 익숙하게 지내오던 나로서는 개를 봐도 별로 두렵지 않고 오히려 고향의 정감을 느꼈다.

　가까운 상가나 시내에는 애견 숍, 애견미용실, 애견 사료 가게 등으로 2, 3년 사이에 개들에 대한 사업이 번창 일로에 있다. 어디에서나 흔하게 개를 끌고 다니고 애완견을 가족의 일원으로 애지 중지 다루는 모습은 핵가족시대가 낳은 산물이 아닐까.

개에 물린 상처가 약간 아픈 것도 참았다. 친구들이 이미 다 와 서 식사를 하고 있었다. 얼른 한 친구 옆에 가서 속삭였다. 개에 물렸다고 바지를 걷어 다리를 보였다. 위로를 받고 싶었다. 친구 는 "괜찮겠지." 하면서 소독약을 얻어 바르라고 했다.

점심 손님 받기에 동분서주하는 주인에게 소독약을 얻었다. 포 비딘이라는 약병의 약이 바짝 말라 있었다. 우선 급한 마음에 수 돗물을 약간 넣어 상처에 발랐다. 밥상머리에 와 앉아 있으나 머 릿속은 멍해지면서 가슴에는 불안이 엄습해 가슴이 벌렁거렸다.

살며시 나가 약국을 찾아갔다. 포비딘을 사서 바르면서 물어보 았다. 약사는 "개에 물린 것은 잠복기가 2개월이니까 예방주사를 맞아야 된다."고 알려 주었다.

밥상에 다시 돌아오자 모든 친구들이 알게 되었다. 앞에 한 친 구는 개에 물렸을 때 그 자리에서 개 주인에게 확인시키고 예방 접종을 했냐고 묻고 전화번호라도 적어 와야지 그냥 왔다고 냉소 적인 말투로 말했다. 그 이야기 끝에 "얘들아, 우리들 나이에는 한꺼번에 두 가지 일을 못 한대. 쟤는 모임에 빨리 오느라고 그냥 온 거란다."라고 나의 마음을 거울 보듯이 후련하게 대변해 주는 숙이가 고마웠다. 뒤범벅이 된 머릿속은 그 말에 감동이 되어 불 안하던 마음이 다소 누그러졌다. 당황할 때 그 사람의 마음을 헤 아려서 말해주는 아량을 나는 배웠다.

남편에게 전화로 도움을 청했다. 남편은 내 이야기는 듣는 둥마는 둥 자기 말만 해댔다. "그렇게 덜렁꾼같이 해서 어떻게 세상을 살아가는지 모르겠다."고 마구 나무랐다. 점심밥을 먹지 말고 개에 물린 자리로 가서 노인과 애완견을 확인하고 싶어서 몸이 들썩거렸다. 앞에 앉은 친구는 "차근하게 생각해서 하자."고 나를 주저앉혔다. "우선 점심밥은 먹고 오늘 인계해 줄 장부는 인계를 해 주고 가라."고 마음을 다독여 주었다.

소란을 피워서 미안하다고 말을 남기면서 어수선한 마음을 태연한 척 달랬다. 이제 '치료하면 낫겠지.' 하고 안도의 마음을 먹고 병원으로 달려갔다. 의사는 괜찮겠지만 안심이 되니 파상풍 예방주사와 항생제 주사를 맞고 항생제도 3일 먹으라고 처방을 내렸다. 약국에 가서 약을 얼른 먹고 나니 그제야 속에 있는 걱정이 슬슬 녹았다.

시간은 2시 반. 아직도 친구들은 수다를 떨겠지. 다시 가고 싶은 충동을 꾹꾹 눌러댔다. 오전 시간들이 차례차례 떠올랐다. 자그만 애완견도 자기를 몰라주니 그렇게 공격을 한 것으로 생각해 본다. 아직도 청춘인 줄 알고 시간 관리를 빡빡하게 한 내 행동이 미련스럽기 짝이 없었다. 순간에 "개피 봤다."는 것이 이런 것을 두고 하던 말이던가. 담장 너머로 피어 있는 개나리꽃에서 노란 엽서를 하나 보았다. 거기에는 "바쁠수록 천천히"라고 크게 씌어 있지 않은가.

얼마 후에 개에 물린 사람의 이야기를 전해 들었다. 예전에 어느 집 손자가 개에 물린 상처를 그냥 치료만 하여 꿰맸다고 한다. 그 손자가 서너 달 후에 깨갱깨갱 개 같은 행세를 하고 나중에는 깽깽거리면서 광기를 심하게 부렸다고 했다. 끝내 그 손자는 생명을 다했다고 한다.

깨물렸던 바지를 자세히 보니 콩알만 한 구멍이 나 있다. 그날 친구들은 델타 클럽에 우르르 몰려가서 회비로 프라이팬을 하나씩 사서 선물을 받았단다. 바보같이 한 그날의 실수가 말해 주네. "조그만 애완견들이라고 무시하지 마이소. 우리들도 살아갈 만한 가치가 있는 생명체라는 것을요."

선생님, 오늘은 무슨 책 가져왔어요

분꽃 향이 그윽한 작은 언덕을 넘는다. 초등학생들이 기다리는 독서교실로 향하는 길에 만나는 향기가 피로를 날린다. 그들과 책으로 만나는 시간이 일주일에 한 번씩 있다. 저녁 6시에 집을 나설 때면 저녁밥을 한술 뜨고 헐레벌떡 달려가야 한다. 아이들과 만나는 시간은 즐겁다. 그들은 독서 활동을 독후감 쓰는 정도로만 알고 있다. 그들과 만나니 가슴에선 5월의 아카시아 향이 기다리는 듯하다.

처음 독서치료활동에 참여한 곳은 북구의 새벽원이었다. 초등학교 고학년 아이들이 기다리고 있었다. 학생들은 의외로 그 활동에 잘 따랐지만 무척 부산하고 산만했다. 서로가 말씨름으로 시간을 보내고, 말꼬리를 물고 늘어지기 일쑤였다. 몇 번 만나 얼굴이 익숙해지자 먹을 것 가져왔냐고 가방을 뒤졌다. 민망했다. 아이들이 장난을 쳐 댈 때는 속도 상했다.

어느 날 아이들은 '고릴라'라는 책을 읽고 독후활동을 할 때

책 그림에서 고릴라를 찾아내면서 매우 신이 났다. 조금 지나니 작은 그림 찾기도 잘하고 질문에 익살스런 대답을 하여 웃음이 터지면서 분위기가 좋아졌다. 점점 욕심이 불어났다. 독서로써 그들을 더 넉넉하게 만들고 싶어졌다.

욕심만큼 아이들은 재미가 없는 것 같았다. 과욕을 줄이고 천천히 아이들을 지도해 보니 생활에 변화가 오는 것을 조금씩 느낄 수가 있었다. 책을 읽어 갈수록 부산함이 줄었다. 그중에 덩치가 큰 아이 하나는 마구잡이로 떠들고, 독서활동에도 딴전을 피워 분위기를 흐려 놓기 일쑤였다.

얼마 뒤 구세군 혜천원으로 옮겼다. 그곳에서도 초등학교 5, 6학년 아이들과 지냈다. '모자'라는 책으로 공부할 때는 표지가 멋있다고 하면서 얼른 책 내용을 읽자고 보채기도 했다. 서로 다투어 읽으려고 해서 한 페이지씩 돌아가면서 읽게 했다. 그 책에서는 어려운 일이 생길 때마다 어머니가 나타나서 잘 해결해 주기도 했다. 협동은 교육에 큰 힘이 되었다.

'행복한 청소부'라는 책으로 공부할 때 한 아이가 자랑을 했다.

"저는요, 우리가 밥 먹는 식당 청소도 해요."

"저도 쓰레기통은 꼭 내가 비워요."

서로 다투어 자랑을 했다. 책 속에서 자신을 발견한다는 것은 매우 중요하다. 마음의 치료는 자신을 발견할 때 가장 쉽게 이루어지는 것 같다.

독서활동을 할 때면 아이들에게 활동지 맨 위에 "나는 할 수 있다. 나는 잘한다."라는 글귀를 쓰게 했다. 반복하여 큰 소리로 읽게 하여 자존감을 키워주었다. 1학기 말에는 어떤 것을 알게 되었냐고 하니까 "나는 할 수 있다."라는 말을 서슴없이 적고 대답했다. 아주 적은 소득이지만 독서치료활동에 참여한 보람을 느꼈다.

지난해에는 대구지역아동센터에서 6세 남자아이들과 독서활동을 했다. 학령기 전 아동들이라 어떨까 궁금하기도 했다. 생각외로 아이들이 순진하고 발랄했다. 그야말로 아이들의 말과 행동을 보면서 오히려 나의 어린 시절은 이보다 더 못했을 것이라는 생각이 들었다. 두 번째 활동 날에는 복도에 들어서니까 저쪽에서 놀다가 먼저 본 아이가 "독서치료사 선생님!" 하면서 내 품으로 와락 달려들었다. 양팔을 비행기 날개처럼 벌려서 번쩍 들어올려 주었다.

"아이고, 예쁜이들 잘 지냈어?" 하면서 안아 주었다. 세 번째 날에는 자리에 앉자마자 "오늘은 무슨 책 가져왔어요? 빨리 보여주세요." 하면서 가방을 만졌다. '뽀뽀손' 이라는 책을 읽고 나니 잠시 위탁 가정생활을 했던 기억을 더듬어보는 것 같았다. 한 아이가 그 생활의 좋았던 느낌을 말했다. "그 집에서 참 잘해주어서 좋았어요."

다음에는 부모님의 이혼을 다룬 책인 '따로 따로 행복하게' 라는 책을 가지고 독서활동을 했다. 엄마 아빠가 재미있게 살다가 서로가 뜻이 안 맞아 따로 사는 내용이었다. 어느 아이가 불쑥 물었다.

"선생님도 어렸을 때 엄마가 없었어요?"

나는 당황하여 어떻게 대답을 해야 할까 망설이다가 "선생님은 엄마가 있었어요."라고 솔직하게 대답을 했지만 어쩐지 미안한 생각을 지울 수가 없었다. 그중에 유독 한 아이는 내 무릎에 앉기를 좋아했다. 머리를 쓰다듬으면서 엄마의 포근함을 짧은 시간이나마 듬뿍 느끼게 해주었다. 그 아이는 가끔 창가에 서서 고개를 숙이고 깊은 생각에 잠기곤 했다.

'폭풍을 불러온 나비' 라는 책으로 공부할 때는 나비의 팔랑이는 날갯짓이 산들바람으로, 산들바람이 모여 건들바람으로, 그것이 모여 아주 사나운 태풍이 되듯 비록 작은 행동이지만 친구들에게 매우 고맙고 좋은 바람으로 영향을 준다는 것을 알 수 있게 했다.

이번 아동센터에서는 1년 동안 약 30여 회기를 활동했다. 아이들은 추후활동으로 책과 관련된 그림그리기, 색칠하기를 제법 잘하는 편이었다. 학령 전 어린이들이 더 성실하고 활동적이었다. 모두가 그림을 그릴 때는 몰입을 잘한다. 글씨를 알아가는 것을 재미있어하고 추후활동으로 자존감을 높이기 위해 "나는 나를 사랑해.", "나는 친구를 사랑해."라고 적는 것을 반복했다.

전체 활동이 끝나는 날에는 아이들과 놀이를 함께했다. 책상을 한쪽으로 치워놓고 꼬리잡기를 했다. 이쪽으로 가서 아이들을 잡으려면 아이들끼리 서로 등을 잡고 웃으면서 안 잡히려고 저쪽으로 쏠려가고 또 저쪽으로 가서 잡으려면 이쪽으로 피하면서 깔깔댔다.

12월 말일의 마지막 시간에는 윷놀이를 했다. 맛있는 과자도 상품으로 준비하고, 아이들마다 작은 카드에다 편지를 써서 가져왔다. 윷판을 펼쳐놓으니 한 아이가 그것을 유심히 살펴보더니 "선생님, 이것 어떻게 만든 거예요?" 하고 물었다.

"그래, 선생님이 재미난 윷놀이 하려고 이렇게 수를 놓아서 만들었다. 너희들에게 처음 사용하는 것이란다."라고 하니 한 아이가 "야아, 멋지다." 하면서 박수를 쳤다. 모두 "좋다, 좋다." 하면서 손뼉을 한참 동안이나 쳐댔다.

어린 시절부터 독서활동을 통하여 아이들에게 올바른 인성을 키워주면 좋다고 한다. 책이 우리에게 많은 영양분을 주어서 지적인 성장뿐 아니라 정서적인 감성을 몸에 배이게 하면 금상첨화이겠지. 아이들은 꿈나무다. 그들은 일찍부터 책을 통한 독서활동으로 자신을 발견하고, 친구를 배려하고, 적절한 대응 방법도 모색하는 생활 습관을 기르고 나아가 참을성도 생겨서 원만한 대인관계도 유지할 수 있게 된다.

태아 때부터 책을 읽어주는 태교를 하고, 신생아가 된 6개월부터는 북 스타트로 책을 읽어주고, 그림을 보여주고 좀 더 성장하면 책을 방 안에 이리저리 펼쳐 놓아 스스로 책과 노는 습관을 길러 주라고 한다. 아이들과 함께 독서활동을 한 지난 1년은 어디에서나 할 수 있는 것이 아니기에 더욱 값지게 느껴졌다.

"선생님, 오늘은 무슨 책 가져왔어요? 사탕 가져왔어요?"라는 말이 메아리쳐 온다. 그 아이들은 잘 자라고 있겠지? 그들의 웃는 얼굴을 한 번씩 그려보면서.

그리움의 간격

지나가던 늦가을 찬바람이 다가와 어깨를 스친다. 낙엽이 뒹굴고 추위가 빨리 찾아왔으니 채비를 잘 하라는 당부이다. 자녀가 어릴 때는 부모가 울타리였고, 부모가 힘이 없어지면 성장한 자녀들이 어느새 울타리를 치고 있지 않던가?

겨울 하늘에는 봄여름과는 완연하게 다른 근육질의 속살과 자잘한 가지가 모여서 서느렇다. 그로 인하여 보이지 않던 하늘이 눈앞에 가득하다. 그 자리에 처해 있는 것을 어떻게 보느냐에 따라 경계의 의미는 달라진다. 스산한 겨울 입구에서 문득 창밖의 풍경이 을씨년스럽기보다 꽉 찼던 그 무엇이 새롭게 의미를 안겨 준다. 한자리에 서 있는 나무일지라도 옷을 갈아입는 계절에 따라 색다른 감흥을 불러일으킨다.

형제와 친척들도 서로 왕래가 있어야 정이 있는 보금자리 구실을 할 것 같다. 잘 안다고 함부로 말하여 상처를 받게 되는 경우가 더러 있었다. 차츰 "세월은 빠르네!" 라는 말을 하고 살아가는 사람이 많아진다. 그러는 가운데 사람들의 마음에도 탱자나무 울타리를 만들고 더 나아가 육중한 빗장까지 걸어 잠그고 살게 되는 경우가 제법 있는 것 같다. 사람 사이에 느껴지는 간격 때문에 정이 없다고 생각할 수 있지만 적당한 경계가 있어야 되지 않을까. 사람에게는 저마다 오로지 가꾸어야 할 자기 세계가 있지 않을까. 서로의 존재를 느끼고 바라볼 수 있는 그 정도의 간격을 유지하는 것이 되어야 할 것 같다.

바람이 차다고 느껴지는 순간부터가 겨울의 시작이 아닐까 생각한다. 어떤 이는 가을이 끝났다는 느낌이 들 때부터라고 한다. 매년 계절의 경계는 달라지는 듯하다. 대부분의 어른들은 해가 바뀌는 경계를 음력 정월 초하루를 기준으로 한다. 농사일을 하는 사람들은 입춘을 기준으로 하고 있다.

아프가니스탄에는 바닥에 동아줄로 경계선을 표시한 다음 양쪽에서 서로 막대기를 잡고 당겨 동아줄을 넘어온 사람이 지는 놀이가 있다. 초등학교 시절에 노는 날이면 우리 집 바깥마당에서 땅따먹기, 짝짓기, 제기차기를 자주 하고 지냈다. 그때의 동네 친구들과 서로 간에 마음이 통한다고 서로 좋아서 어쩔 줄을 모르고 엉켜서 너와 내가 한 몸인 것처럼 잘 지내기도 했다. 그야말로 자기 몸 안에 간이라도 빼줄 것 같았다. 자기의 처지가 불리할 것 같으면 심사가 뒤틀려서 서로 욕을 마구 하며 싸우다가 끝에는 원수지간이 될 수도 있다.

부부간에도 어느 정도 경계가 있어야 된다고 본다. 간격도 없이 일상사에서 일어나는 일들에 대해 너무 미주알고주알 이야기를 하다 보면 누군가 한 사람이 불리할 때에 상대방의 약점을 들추어 비난의 불화살을 내뿜는다. 그때는 내가 왜 평소에 안 해도 될 말까지 다 얘기를 했을까 후회스러움이 몰려온다. 한번은 우리 내외도 초저녁에 말다툼을 하고서 밤에 잠자리에 들었다. 항상 먼저 다가가는 내가 그의 가슴을 슬며시 더듬었더니 삐지기를 오래 하는 그는 냉정하게 손을 확 뿌리치는 것이었다.

지상의 모든 아름다움은 적당한 거리가 있을 때에 돋보인다. 가까이 있으면서도 아름다움이 배어있게 하는 것! 어느 정도 마음의 경계는 있어야 하지 않을까. 그 간격은 울타리 허물듯이 무너뜨리는 것보다 적당하게 유지하고 있어야 할 것 같다. 언제부터인가 그에게 잘못한 행동에 대해서는 섣불리 이야기를 꺼내지 않는 버릇이 슬그머니 생겼다. 조금 꾀가 생겼다고나 할까. 남편은 내 얘기를 조금 듣다가는 냉정한 판단과 문제해결조의 말을 해서 기분을 상하게 하곤 한다. 말해봐야 마음이 이해받지 못하는데 그 짓을 뭐 하러 한단 말인가. 이야기를 잘 들어주고 맞장구로 추임새를 넣고 더러는 공감해 주니 속이 후련하다는 것을 느낄 수 있는 상대방이면 좋겠다.

나이 들어감에 따라 마음이 편협해진다고 듣지 않았는가. 나역시 누군가가 나의 잘못된 행동을 지적하여 "너는 왜 그랬니?"라고 시작하는 말을 들으면 말하기가 싫어지는 사람으로 변하여졌다. 왜 그럴까 돌이켜보면 친구니까 아무렇게나 몸에 배어진대로 지껄여대는 것은 경계가 없어서인 것 같다. 서로 간에 지킬예의는 싹 감추고 친하다는 것으로 모두 파묻곤 하는 것 같다. 나와 너보다는 우리가 강조되는 공동체문화일수록 더욱 친밀한 관계를 위하여 적절한 거리를 두는 것은 서로를 위해주는 모습이지 않을까. 나름대로 울타리를 만들거나 만나기를 줄이거나 하는 물리적인 경계는 그나마 사이를 뛰어넘는 것이 쉬울 수 있다. 마음의 간격을 두는 일이야말로 내면의 공을 들여야 함을 알려주는 것 같다. 양쪽을 넘나드는 것들을 구분 지을 방법이란 애초에 존재하지 않는가 보다.

한 개인은 다른 사람에 의해 고유의 존엄성이 무너져 간다. 서로에 대한 간격이 얼마나 중요한 것을 알게 한다. 먼저 나부터 타인과의 경계를 유지하는 버릇을 가져 보아야겠다. 사이를 띄우는 것이 맨숭맨숭해 정이 없게 보일 수 있을지도 모르지만 그것이 오래도록 관계를 하게 되는 힘을 가지고 있다고 볼 수 있다. 경계에 서서 혼자만의 몸무게로 세상의 균형을 맞추려 노력하는 사람들의 마음에 대해 다시 생각한다. 다른 가치관이나 환경에 있는 사람들 간에 경계를 어디에 두어야 서로 의리가 상하지 않을까? 나무들이 올곧게 잘 자라려면 '그리움의 간격'이 있어야 한다고 누군가가 말했다.

키보드 자판은 침묵한다

　　　　　　세월이 빨리 달리니 인생도 덩달아 숨이 막힌다. 새벽의 적막은 또 부서진다. 맑은 정신은 컴퓨터 앞에 와 있다. 아침마다 메일을 점검하지 않으면 무엇인가 해야 할 일을 빼먹는 것 같아 찜찜하다고 할까. 뒤늦게 스마트폰을 구입한 덕택으로 요즈음은 그런 것이 조금 사그라졌다.

　강의준비도 해야 하고 검색을 편안하게 하려면 컴퓨터를 따라갈 만한 것이 어디 있겠는가? 자판을 처음 접한 것은 직장상사가 타자치는 것을 배워야 한다고 알려주었을 때이다. 일찍이 타자기를 하나 구입하여 타자 연습을 해 놓았다. 그 후 컴퓨터가 업무에 등장했을 때 까만 것을 두드리는 것은 그리 어려운 일이 아니었다. 나이든 사람들은 한 손 타자에 급급했지만. 행정업무를 하려고 준비된 사람이 아니던가.

　이 일 전까지만 해도 까만 것은 아무런 탈 없이 나를 도왔다. 노래자랑에서 들은 멋진 인생 가요를 찾으려고 앉았다. 까만 것은 두드려지는데 컴퓨터 화면에서 글씨는 나타나지 않았다. 하루 지나면 괜찮을까 싶어 다시 앉아서 까만 것을 두드려 봐도 역시 화면에는 반응이 없었다. '아하! 고장이 단단히 났구나!'

　밤새 무반응은 머릿속을 꽉 메웠다. 새벽에 눈뜨자마자 스마트폰에서 검색을 하였다. 먼지가 있거나, 고장이라고 한다. 아침밥을 먹자마자 설거지는 제쳐두고 키보드를 내왔다. 먼저 밖에 나가 그것의 뒤판을 두드려 사이의 먼지를 털어냈다. 수분이 반은 날아간 물휴지를 가져다가 쪼개어 까만 것의 가로세로 사이마다 차근하게 왔다 갔다 했다. 연필심으로 꼭꼭 눌러가면서 맨 밑에 있는 것을 빼내려고 했다. 사이에 낀 먼지가 제법 솔솔 하나씩 묻어 나왔다. 이런 것이 있어서 말을 안 들었구나! 그래, 무언가 아프게 하는 것이 있었지. 기계에 대해서 알려고도 하지 않는 내가 애써 그것의 어려움을 해결해 주려는 마음씨가 따뜻하네.

　어느 정도 하고 그것을 뒤집어서 탈탈 털기를 몇 번 반복했다. 작은 알갱이 비슷한 것, 머리카락, 과자 부스러기 등이 나왔다. 요리조리 들었다 놓았다, 고개를 갸웃갸웃 자세히 보았다. 나중에는 이불 꿰매는 실이 달린 큰 바늘로 가로세로 구멍을 후벼내기를 되풀이했다. 미처 나오지 못한 것이 또 나왔다.

　어느덧 한 시간이 지나고 먼지를 거의 빼낸 것 같았다. 재빨리 제자리에 갖다 꽂았다. 우측에 불이 세 개나 깜박깜박하면서 '멋진 인생' 노래 검색을 해도 역시 청소하기 전과 같이 그것은 반응이 없었다. 먼지를 없애 주어도 기계가 반응을 즉각 보이지 않으니 마음 한쪽은 아직도 서늘했다.

점심때가 오기 전에 다시 한번 컴퓨터를 켜서 까만 것을 두드렸다. '멋진 인생'이 나오지 않던가. "야아, 잘 된다. 고쳤다." 이런 기쁨은 스스로 체험한 자만이 누릴 수 있는 특권이 아닐까. '나도 할 수 있구나, 하면 되는구나.' 머릿속으로 읊어댔다. 그것의 고장으로 생겼던 불안함이 봄날 볕에 눈 녹듯이 사라졌다!

컴퓨터를 처음 구입했을 때는 키보드에 덮개도 씌우기도 하다가 랩을 씌워 먼지를 끼지 않게 한 적도 있었다. 언제부터인가 초심은 온데간데없고 기계에 대해 겨우 사용만 할 줄 알지 돌보는 일은 아예 까맣게 잊고 살았다. 초심을 잃지 말라는 말이 뒤늦게 스쳐 지나간다. 이제 준비해야 할 피피티 자료 보완을, 수필 퇴고를, 또 메일에 답장을 할 수 있구나 생각하니 가슴을 누르던 큰 돌 하나를 치운 것 같았다.

컴퓨터를 종이에 비유한다면 그 까만 것은 연필이다. 연필이 없이 공부를 어떻게 한단 말인가. 컴퓨터는 속도가 느리거나 고장이 나면 포맷을 했건만 키보드는 거들떠보지도 않으니.

우리 몸도 평소에는 건강한 줄 알고 피로가 겹치고 지쳐도 '일이 너무 많아서'라고 치부해 버리곤 한 사람이 암에 걸린다고 한다. 나 역시 그런 오만함으로 유방암의 혹독한 시련을 이겨내면서 삶의 의미를 되새김질했다. 뒤늦게 자신의 신호에 귀 기울이게 되었다. 몸이 힘든 것을 알아주지 않으니 과부하가 걸려서 터진 것이 암이라고 나름대로 말을 한다.

오늘부터라도 자판 위를 손수건으로 덮어 놓으련다. 사용 후에는 편안하게 지내라고 하니 고마울 것 같다. 사람도 나를 보호해

주는 보호자가 있다. 그것의 주인은 귀중하게 다루어주는 보호자
이지 않은가. 건강한 사람은 병치레 한번 안 할 것 같다는 말을 더
러 한다. 자판도 탈이 날 것이 없는 줄 알았다. 세월이 덕지덕지
쌓이다 보면 어느 누구를 막론하고 병이 찾아오듯이 물건도 다를
바가 없는가 보다.

　까만 것은 숨이 막혀 가슴이 찢어지지만 아무 말이 없어 빨리
알아차리지도 못했다. 침묵도 말인데. 숨 막히기 전에 숨통을 트
는 것이 있어야지. 그때마다 바로 상대방의 침묵하는 마음에도
아픔이 있음을 알아주면 좋겠다. 잘난 사람 못난 사람 따로 있더
냐! 서로 알아주고 이해하면 그것이 멋진 인생, 노래를 부르니 몸
이 사뿐하다. 새벽이 지나고 나니 초봄의 햇살이 창문 옆에 있는
춘란의 향을 뿜어내게 한다.

춤추는 바람인형

"양팔을 마음껏 휘저으며 바람에 휘청휘청 춤추는 바람인형을 아시나요? 언제부터인가 그것을 생각하면 웃음이 나서 즐거우면서도 한편 곱씹어 보곤 했죠."

새하얗게 빛나면서 한편 이글거리기도 하는 진홍색 폭염은 며칠 동안 기세등등하다. 가마솥에서 뿜어내는 수증기는 얼굴을 빨갛게 연지 찍어준다. 부엌에서는 하루 종일 소리 없이 내리는 빗방울 같은 땀 구슬이 그녀의 눈 가장자리에 와 부끄러워 어쩔 줄을 모른다.

플라타너스의 넓은 잎사귀 사이로 노란 햇살이 갸우뚱 손짓할 때 가게 앞에는 개점 축하를 위하여 춤추는 바람인형이 음률에 심취되어 술에 취한 듯 흐느적거린다. 인공적인 바람이 인형을 춤추게 한다. 살아가면서 더러는 신바람을 불어넣어서 누런 색깔의 쳐져있는 그 마음을 파릇파릇 연두색 배춧잎으로 새로움을 품어 일깨우는 생활이면 좋겠다.

그것은 동그란 가슴을 한 번씩 내밀기도 하고, 양팔을 나풀나풀 리듬에 따라 움직인다. 머리카락도 없는 머리를 이쪽저쪽으로 뽐내며 요동친다. 몸통도 잔뜩 힘을 넣어 앞으로 기운차게 내밀었다가 리드미컬하게 양쪽을 휘청휘청 흔든다. 나름대로는 최선을 다하는 모습이라고나 할까.

요즈음은 가게가 새로 구조 변경을 하는가 하면 얼마 있다가 상처 난 합판이며 망치로 폭력을 당한 벽돌이 도로 위에서 뿌루퉁한 채로 행인들에게 거부감을 자아내게 한다. 낙엽이 뒹구는 을씨년스러운 늦가을처럼 서늘한 마음이다. 영악한 세월은 가게 하나 진득하게 운영하기를 녹록하게 허락하지 않는가 보다. 한숨이 토악질하려 한다. 잠시 그들의 입장이 되어서 맘을 어루만져 주고도 싶다.

점점 등치가 커지는 음식점의 개업은 가격을 올리기에 분주해 서민들이 가까이하기엔 멀게 느껴진다. 아담한 재래식 음식점들이 그들만의 고풍이나 특색을 사람들에게 안겨주지 못할 경우에는 여지없이 삶의 경쟁에서 저 멀리 흔적을 감춘다. 생존이 치열한 사회에서 그 어느 때보다도 사람들의 시선을 붙잡으려고 안간힘을 쓴다. 관음적인 것으로 시선을 붙든다. 별 연관성이 없는 것도 섹시함을 덧붙여 사람들의 흥분 중추를 간질이는 것 같다.

동네 점포 앞에 있는 두 대의 스피커에서 한껏 큰 소리로 노래를 한다. 댄스음악을. 무언가 몰입하려고 하는데 방해가 되는 사각형 상자 안의 무희들에게 분노를 토한다. 그 옆에는 길쭉한 춤

242

추는 바람풍선 인형이 휘청거리며 동시에 반라의 여자 두 명이 광란의 춤을 추어댄다. 발걸음은 머물 수밖에.

바람을 이용하여 천이나 비닐로 만들어진 인형이 나풀거리게 하여 홍보나 선전하는 것을 심취해서 본다. 어린 시절 엿장수가 쨍그랑쨍그랑 가위 부딪히는 소리를 듣고 엿을 사러 가던 때와는 격세지감이 확연하다.

인형은 원통형 머리, 원통형 양팔, 긴 몸통에 눈과 입이 있어 아쉬운 대로 사지가 길고 긴 사람의 형상을 자아낸다. 몸통 전면에는 크게 세일이라는 영어글자가 눈길을 모은다. 그것은 바람에 의해 온몸에 에너지를 발산한다. 침울했던 내 마음도 양팔의 스트레칭으로 화답한다.

저토록 일상생활에서도 춤을 추면 신이 나며 땀이 나서 엔도르핀이 꽉꽉 쏟아지겠지. 바로 그거야, 매일 같이 마음의 춤을 추는 거야. 구름이 뒤덮인 하늘일 때 매우 우울했었지. 마음속에도 바람 인형 하나 품고 있다가 그런 희끄무레한 날에는 가슴에 코드를 꽂고서 신바람으로 바람몰이를 해 보는 것이야. 목화솜 같은 구름 가까이 있는 곳까지도 날아가 보기도 하겠지. 구닥다리의 옷도 벗어버리고 유행하는 옷으로 사 입고 가보자꾸나.

요즘 대선후보들이 서로 간의 공약과 과거사를 비방하며 상대를 쓰러뜨리고 쾌재를 부르는 것이 마치 바람인형이 한 번씩 휘딱 쓰러졌다 일어나는 것과 다를 바가 없지 않을까? 셀린다 레이크 민주당 여론조사요원은 광고가 네거티브 전략에 집중된 배경이라서 "두 후보 모두 자신에 대한 의심들을 떨쳐낼 수 없다."면

서 "유일한 전략은 상대 진영에 대한 의혹을 알리는 것"을 꼽았
다

몇 개의 머리카락 위에 중절모를 쓰고 흔들거리는 장면에 물끄
러미 시선을 고정하는 것도 한참 넋을 빼게 한다. 오늘도 자신에
게 주어진 일은 흔들거리면 되는 것이라고 말한다. 발걸음은 또
떨어지질 않는다. 가슴 한쪽이 허해진다. 얼마만큼 지나가 보니
바람 빠진 인형이 푹 주저앉은 채 들릴 듯 말 듯한 속삭거림으로
내게 말을 건네 온다. "가여워하지 마세요, 우리들은 지금 이 순
간에 충실하느라고 그래요. 서로를 위해서요. 더불어 가는 세상
인 것을 뭘 그렇게나 한심스럽게 생각하세요. 당신도 주어진 현
실에 성실하게 살고 있지 않나요?" 금붕어는 무리를 지어 사는
물고기다. 혼자 있으면 적의 공격을 받을지 모른다는 두려움 때
문에 불안해지고 스트레스가 쌓여 죽게 된다. 이웃이 없으면 외
로움에 고통스러워진다.

태산목 가지 사이로 들어온 반달은 반쪽을 더하려고 사뿐사뿐
작은 발걸음을 옮긴다. 그렇게 시간은 간다. 흥을 돋워 춤을 추어
신바람을 일으킨다.

느리게 살아봐야지

돌이켜보면 철들고 인생 삼십 년을 숨 가쁘게 허우적대며 달려온 것만 같다. 무엇이 소중한지도 모르고 꾸벅꾸벅 앞으로만 걸어왔다. 어머니 아버지의 삶의 모습이 몸에 배인 것이다. 부지런함과 절약하는 생활태도는 어떠한 어려움도 태연하게 대처했던 의연함이 있었다. 남들에게는 주어진 일에 성의를 가지고 일하는 습관을 기르라고 말하곤 했지 않은가.

건강이 우선이라고 챙기기도 했건만, 현미식초에 절인 메주콩을 10년 정도 한 수저씩 먹어 왔다. 생수에 다시마를 물려 그 물을 매일 아침마다 5년 정도 먹었다. 더불어 테니스는 일주일에 한두 차례 치면서 몸도 다지고 했었는데. 하지만 떨쳐버릴 수 없는 스트레스는 소리 없이 나를 지치게 하였다.

어머니는 여름날이면 첫새벽같이 일어나 아버지와 함께 오이를 따 놓으셨다. 다음에 오이를 씻는 것은 나와 작은오빠의 몫이었다. 그리고 엄마는 부리나케 부엌으로 가서 아침밥을 지으시고 호박 된장국을 화롯불에서 끓여내셨다. '미친년 널뛰듯 바쁘다.' 어머니의 그런 언행이 여름날의 생활이었다. "어느 일을 먼저 해야 될지를 모르겠다."고 자주 말씀하시곤 하셨다. 여러 가지 일을 척척 해내려고 이리 뛰고 저리 뛰고 바빴다. 어머님의 생활 자세를 그대로 닮은 것이 만딸인 나다. 내가 하는 말투가 중국 여자 같다고 한 어머니의 말씀도 생생하다. 거기다가 행동이 민첩함은 군대생활을 잘 적응해 나가기 위한 방편이었다고 봐줘야 하나?

이제 불혹을 넘어서 지천명에 와 있다. 그리고 나를 돌아보는 시간이 많아졌다. 갱년기까지 더 붙어 있네. 여태껏 해 오던 것에 반기를 들게 된다. 왜 그렇게 부지런히 행동하며 살아야만 했던가? '빨리빨리' 하는 자세가 안 됐다면 이만큼의 성취를 이룰 수가 있었겠는가. 빨리라는 말속에는 화끈함, 추진력 등 긍정적인 면이 있으나 성급함과 시행착오 등 부정적인 면도 있다. 여태까지는 조직생활 속에서 생존경쟁에서 이기기 위해서 그랬다 치자. 그곳에서 완전히 벗어나 살아온 지 2년이 훨씬 지났다. 아직도 정확한 시간관념 속에서 헤어나지 못하는 나의 삶은 무엇을 갈구하고 있단 말인가. '느리게 천천히 해보자.' 가정생활의 하나하나에 나를 길들여야 하지 않을까.

나의 영혼이 편하게 덜 힘이 드는 삶, 거기에 아름답고 낡게 하는 데에 삶의 무게를 두어보자. 천천히 하자, 매사에. 약속 시간에 다소 늦어도 좋다는 생각을 가져 본다. 세밀한 나머지 느리게 행동하는 남편의 마음도 헤아려 주면서. 그렇게 악착같이 살아온 것이 중년에 일찍 병을 몰고 올 줄이야….

'너무 부지런히 살아온 사람은 수명이 단축된다.' 기사가 충격적이다. 그렇다고 젊은이들에게 쉬엄쉬엄 살아가라고 말하고 싶지는 않다.

'행복하려거든 느림의 미학으로 살아가라.' 라는 글귀도 차츰 나의 내면으로 자리 잡혀 온다. 반갑다. 이쯤에서라도 그런 느림을 품어보려는 것이. 약속시간에 좀 늦으면 어떠랴. 늦더라도 조바심을 떨쳐 버리자. 느긋하게 한 발자국 뒤에서 살아보자. '빨리' 라는 말보다 '어서' 라는 말을 사용하면서. 그동안 삶의 중간 과정마다 행복을 느끼면서 살아온 과정론자이지 않는가.

유럽에서는 느긋하게 삶을 즐기기 위해 삶의 속도를 늦추는 다운 시프트(저속기어로 바꾼다는 뜻)족이 늘고 있다고 한다. 벤츠 승용차나 디지털 사진기 못지않게 소중한 것이 시간이다. 금전적 수입이나 사회적 지위에 연연하지 않고, 스트레스가 적고 자기 시간을 많이 가질 수 있는 직장을 찾는 이들이 늘어난다고 한다. 한적한 시골길을 자꾸 걸으면서 마냥 즐거워하고 갈참나무와 패랭이꽃에게 말을 건네며 몸과 마음이 날아갈 듯한 기분을 가지는 것은 매우 행복한 일이다.

철학자 피에르 쌍소도 걷기를 느림의 실천 덕목 중 하나로 꼽았단다. 시간의 굴레에 얽매여 살기보다 인생의 속도를 스스로 컨트롤하겠다는 생각으로 나아가 보련다. 특히 걷기, 자전거 타는 시간은 우리들 삶의 자세를 느리게 만들어 주고, 주변을 돌아보게 해 주는 것 같다. 인생을 음미할 때에 나의 진정한 가치를 깨닫게 된다.

천천히, 느긋하면서도 차분하게 주변과 잘 어울려 가는 삶은 사랑이 물씬 풍기는 듯도 하다. 시골길로 가끔 한 대씩 오는 버스가 산모퉁이를 돌아 나오는 것 같은 그림이 스친다.